기억, 잊어야 하는 밤

기억, 잊어야 하는 밤

저 자 진현석
발행인 고본화
발 행 반석출판사
2021년 7월 20일 초판 1쇄 인쇄
2021년 7월 25일 초판 1쇄 발행
반석출판사 | www.bansok.co.kr
이메일 | bansok@bansok.co.kr
블로그 | blog.naver.com/bansokbooks

07547 서울시 강서구 양천로 583. B동 1007호
(서울시 강서구 염창동 240-21번지 우림블루나인 비즈니스센터 B동 1007호)
대표전화 02) 2093-3399   팩 스 02) 2093-3393
출 판 부 02) 2093-3395   영업부 02) 2093-3396
등록번호 제315-2008-000033호

ISBN 978-89-7172-939-7 (03810)

기억,
잊어야 하는
밤

머리말

"무슨 일이지?"

"어디서부터 잘못된 걸까……."

"어쩌다가……."

우리는 살다 보면 뜻하지 않은 일들에 휩싸이곤 합니다. 내가 원하든 원치 않든 간에 말입니다.

그런데 사람들이 모두 다 어떤 상황에서 어떻게 대처해야 할지를 알고 있다면 모든 상황은 쉬워질 것입니다. 기억을 더 듬어 그에 따른 앞날을 예상할 수 있다면 그것은 그리 큰 문제가 아닙니다.

인간이 가장 두려워하는 것 중에 하나는 믿었던 것의 상실일 것입니다. 특히 그 믿었던 것이 우리가 가장 신뢰하려고 하며 우수성을 입증하고 싶어하는 우리의 기억이라면 그것의 상실은 우리에게 큰 공포로 다가올 것입니다.

책을 넘기기에 앞서 우리는 우리의 기억에 대한 믿음이 얼마나 변질될 수 있는지 충분한 가능성을 열고 시작해야 합니다. 누군가는 빈틈없이 정확한 기억을 가졌다고 생각을 합니다. 하지만 모든 사람은 충분히 불완전하기에 어떠한 확신도 섣불리 해서는 안 됩니다.

이 책은 기억의 문을 열고 나가 진실을 알고 싶어하는 여러분들을 위해 쓰여진 책입니다. 문밖으로 나가면 알게 되는 진실은 과거 우리가 생각했던 것과는 전혀 다른 것으로 다가올 수 있습니다.

택시운전사, 대학생 그리고 경찰 이 세 명이 그려내는 이야기가 어떤 상황과 장면으로 나타나는지 기억하며 읽는다면 그 끝은 아마 여러분들이 예상하는 것과 일치할 수도 있으며 아닐 수도 있을 것입니다.

지금부터 시작할 이야기로 일상에서 흔히 만날 수 있는 직업을 가진 이들의 기억이 어떤 진실과 두려움을 여러분들에게 느끼게 해줄지 함께 만나보려고 합니다.

차례

Prologue

——

기억

눈바람이 매섭게 몰아치던 어느 겨울.

나는 평범한 사람이라고 생각했다. 그저 다들 그렇게 사는 거라고 생각했다.

어느 정도 스스로 생각을 할 수 있는 나이가 되고부터는 힘든 일을 겪어도 잘 이겨낼 수 있었다. 그런데 시간이 지나 어른이라고 부를 수 있는 나이에 접어들었을 때부터 내 모든 생각과 지난 기억들이 하나도 맞지 않기 시작했다.

아는 형님이 있었다. 그 형님은 이런저런 사회 경험을 꽤 많이 한 것 같았다. 어느 날 조용히 앉아 책을 보고 있는데 그 형님이 다가왔다.

"너 앞으로 뭐 할 거냐?"

뜬금없는 물음에 어떻게 대답해야 할지 몰랐다.

"글쎄요……. 생각해 본 적이 없는데요."

"너 뭐 잘하는 거 있어?"

형님의 질문에 나는 기억을 더듬어 봤다. 내가 잘 하는 게 뭐가 있었을까 기억해 내는 게 쉽지 않았다.

"글쎄요……. 잘 기억이 나질 않아요."

뭔가 뚜렷이 기억이 나질 않는다는 것은 그만큼 열심히 살지 않았다는 증거인 것 같았다. 조금은 창피했지만 그래도 이건 내 탓이 아니었다. 다들 그렇게 살고 있는 것 아닌가?

"너 나랑 이거 한번 해볼래?"

주머니에서 뭔가를 주섬주섬 꺼내는 형님은 내 눈 앞에 화투 몇 장을 꺼내 놓았다. 어떻게 만들었는지 기술도 좋았다.

"이걸로 뭘 해요?"

그날부터 나는 형님 옆에 찰싹 붙어 밥 먹고 자는 시간 빼고는 화투를 쳤다. 내 주변 다른 사람들과의 내기에서 절대 지지 않았다. 이것도 능력이라면 능력일까.

겨울이 지나고 봄이 오고 여름이 지나고 가을을 보내고 또 겨울이 오고⋯⋯. 계절을 몇 번 보내고 나니 어느덧 성인이 되어가고 있었다.

형님은 어느덧 떠나 곁에 없었고 또 다시 혼자가 된 나는 하릴없이 책을 보고 가끔씩 화투를 쳤다.

시간이 멈춰버린 것 같은 인생에 아주 반가운 소리가 귓속을 강타했다.

"김 영감, 나와. 출소다."

이른 새벽 졸린 눈을 비비며 조용히 침구 정리를 했다. '김 영감'은 내 생활이 영감 같아서 붙여진 별명이다.

새벽의 찬 공기가 폐를 그대로 관통하는 듯했다. 소년원의 시간은 항상 그 자리에 멈춰 있는 것 같았다.

'뭘 해야 할까⋯⋯. 배운 것도 없는데⋯⋯. 운전면허나 딸까?'

"언제인지 정확한 기억은 없습니다……."

남자는 힘없는 모습과 초점을 잃은 눈으로 쳐다봤다. 금
방이라도 눈물이 떨어질 것 같았다.

"이런 일이 나에게 생길 거라고는……."

잠시 말을 멈추고 물을 달라는 손짓을 보냈다.

물을 벌컥거리고 마시던 남자는 주머니에서 약을 꺼내 입
안에 털어 넣고는 잠시 눈을 감았다.

1장

알 수 없는 기억의 하루

take 1

"어서 오세요."

"아저씨, 서울까지 좀 가주세요."

"이 시간에요? 서울이요?"

나는 순간 잘못 들었나 싶었다. 잠시 기사식당에서 늦은 저녁식사를 하고 담배 한 대를 피우고 있었는데 낯선 남자가 말을 걸었다.

여행객인 것 같은 차림으로 큰 배낭을 매고 있었다. 표정은 굉장히 지쳐 보였고 어딘가 안 좋은 모습이었다.

남자가 다시 말을 했다.

"죄송합니다……. 정말 급해서 그래요……."

나는 그 남자의 공손함과 어쩔 줄 몰라하는 모습에 얼떨결에 승낙을 했다.

"아……, 네, 타세요."

나는 택시의 뒷문을 열어 주고 피우던 담배를 끄고 운전석에 앉았다.

백미러로 보니 손님이 힘겹게 가방을 옆에 내려놓고 큰 가방에 기대어 찡그린 표정을 짓고 있었다.

갑자기 걱정이 됐다.

어떤 묘한 걱정이 생겨버렸다. 위험한 손님은 아닌 것 같은데 뭔가 불안한 기분이 들었다.

그리고 지금 시간은 밤 10시 50분, 거의 11시가 다 되어 가는 시간이다.

택시운전을 6년째 하면서 단 한 번도 이 정도 장거리를 뛰어본 적은 없었기 때문일까? 특히 이 시간에 말이다. 여기는 여수종합버스터미널이다.

밤공기는 선선하고 좋았다. 썩 나쁘지 않은 하루였기도 하고 말이다······. 6월의 끝자락이 다가오고 있었다.

그렇게 나는 운전을 하고 여수 시내를 조금씩 빠져 나가고 있었다.

얼마쯤 갔을까 남자가 움직이는 소리가 들렸다. 아니 뒤척이는 것 같은 소리다.

백미러로 다시 한번 힐끔 봤다. 어딘가 몹시 아픈 것 같은 표정을 하며 몸을 뒤척이며 눈을 감고 있었다. 혹시 무슨 탈이라도 생기는 건 아닌가 걱정이 됐다.

"아저씨······, 죄송한데 혹시 다음 고속도로 휴게소에서 잠시 쉴 수 있을까요?"

남자가 힘겹게 말을 했다.

"아! 네, 알겠습니다."

"죄송합니다······. 제가 몸이 좀 안 좋아서요······."

"아······, 네······."

어디가 안 좋은 것인지는 모르지만 일단은 휴게소에 세워야겠다고 생각했다.

마침 휴게소가 보이고 나는 휴게소로 차를 돌려 주차를 했다.

주차를 하자마자 남자는 문을 열고 화장실로 걸어가고 나는 자판기에서 이온 음료수 2개를 샀다.

그리고 담배 한 대를 태우고 있는데 남자가 화장실에서 다시 나오는 모습이 보였다.

"아……, 저 음료수를 2개 샀는데 하나 드세요."

나는 이온 음료 하나를 건넸다. 그리고 재차 물었다.

"혹시 담배 안 태우세요?"

나는 이 남자가 담배냄새를 싫어할지도 모른다고 생각해서 물어봤다.

남자는 음료수를 받아 들고는 창백한 표정으로 말했다.

"아, 감사합니다. 저도 담배를 피웁니다."

나는 반사적으로 주머니에서 담배 한 갑을 꺼내어 남자에게 내밀었다.

"아! 그러면 한 대 피우실래요?"

남자는 담배를 잠시 바라보다 이내 말했다.

"아……, 감사합니다. 그럼."

나는 라이터로 불을 붙여 주었다.

남자는 깊게 한 모금을 들이마시고 다시 또 한 모금을 들이마시고 나를 보며 말했다.

"아저씨, 죄송합니다. 너무 장거리 운전을 부탁했네요……. 제가 지금 몸이 안 좋아서 급하게 서울의 제가 다니는 병원에 가야 될 것 같아서 부탁을 드렸습니다."

나는 남자의 말을 듣고 조금 이해가 되었다.

"아! 서울 사람이세요?"

"아니요, 서울은 아니고 여수 사람입니다. 그런데 지금은 제가 서울에 살고 있고 또 다니던 병원이 서울에 있어서요……."

남자의 이야기를 듣고 나니 조급함이 조금 생겼다. 하긴 지금 시간에는 버스나 기차도 없고 있다고 해도 불편한 몸을 이끌고 힘들게 버스나 기차를 타는 것은 무리라고 생각이 들었다.

"아, 그러시구나……. 그럼 빨리 가야겠네요."

어디가 아픈지 왜 아픈지 물어보고 싶었지만 실례가 될까봐 그냥 묻지 않기로 했다. 그런데 남자가 먼저 말을 이어갔다.

"제가 누구를 좀 찾으러 여수까지 왔는데 갑자기 몸이 안 좋아져서 잠시 다시 서울로 올라가야 될 것 같아서요……. 병원 갔다가 다시 찾으러 나와야 할 것 같아요."

남자의 이야기를 듣고 있으니 궁금함이 더 생기게 되었다. 누구를 찾으러 여기까지 왔는지 그리고 병원을 갔다가 다시 나와야 할 정도로 급한 어떤 일이 있는지 정말 궁금해지기 시작했다.

오지랖일지 모르겠지만 조심스레 물어보기로 했다.

"많이 바쁘신가 봐요? 누구를 찾으러 다니세요?"

남자는 잠시 나를 빤히 쳐다보더니 택시에 다시 들어갔다. 나는 지금 내가 결례를 범했다고 생각이 들어 뻘쭘했다. 그래서 나도 다시 운전석에 탑승을 했다.

"아저씨……, 죄송하지만 안에서 담배 피워도 되나요?"

남자는 내가 출발하기 전에 뭔가 비장한 목소리로 나에게 말했다.

"아……, 네, 괜찮습니다. 어차피 장거리라 심심할 때 태우세요."

나는 어차피 4~5시간을 가야 하니 상관 없을 거라고 생각했다. 그리고 남자는 그다지 나쁘지 않은 사람인 것 같았다.

"아저씨……, 제가 지금 힘든 상황이 있어요……. 말씀 드려도 될까요?"

남자가 훅 치고 들어왔다. 시동을 걸려다 잠시 차 키를 손에 쥐고 뒤를 돌아보았다.

그리고 잠시 남자를 봤는데 아까보다는 좀 나아진 것 같아 보였다.

"네, 말씀하시고 싶으시면 말씀해 주셔도 괜찮습니다."

마침 궁금하던 차에 잘됐다 싶었다. 그냥 처음 나에게 말을 걸었을 때부터 궁금한 남자였다. 그의 행색과 태도가 말이다…….

"사실 저도 택시 운전 일을 했었습니다……. 한 5~6년 전쯤이었어요."

남자는 뭔가 비장한 듯 말을 시작했다.

택시운전사였다는 말에 뭔가 공통점이 분명이 있을 거라고 생각을 했다. 보통 택시기사들은 생활 패턴이 비슷하고 대부분 사정이 비슷비슷하기 때문이다.

남자의 직업을 듣고 나서이기 때문일까 남자의 이야기에 흥미가 생기고 궁금해졌다. 뭔가 내가 공감해 줄 수 있을 것 같다고 생각이 들었나 보다.

take 2

"야, 시험 끝나고 학교 앞 고깃집으로 와."

"어디?"

"아, 태형이네 누나가 하는 고깃집, 우리 맨날 가던 곳!"

"아, 오케이!"

진수는 시험은 이미 뒷전이고 고깃집에 푹 빠져있다. 그도 그럴만한 것이 바로 태형이네 누나 때문이다.

짧은 통화를 끝내고 나는 시험을 보러 중앙 강의실로 향했다.

오늘도 죽자고 술을 퍼 마시겠구먼…….

진수와 나는 군대를 같은 시기에 다녀와서 똑같이 복학을 했다. 복학생들이 그렇듯이 거의 매일 술에 찌들어 살았다. 아마 학교에 다시 적응하기 힘들었기 때문에 자기 위안을 해 보려 하는 것 같다.

진수는 항상 과 친구 태형이네 고깃집을 갔다. 값도 싸지만 정말 중요한 이유는 바로 태형이네 누나 때문이다. 태형이네 누나는 학교 앞에서 고깃집을 운영하고 있는데 장사가 꽤 잘되는 편이다.

고기 맛은 잘 모르겠고 아마 누나가 상당한 미인이라는 점이 장점인 것 같다. 아니 확실히 장점이었다.

나는 내 과가 마음에 들지 않았다. 그래서 이번 시험을 마치면 휴학을 할 생각이었다.

2년 반 동안 기계를 공부한다니 머리가 터져버릴 것 같았다. 그렇다 나는 기계공학과이고 진수와 태형이 모두 나와 같은 과이다.

어쨌든 시험은 대충 마무리하고 가방을 매고 학교 정문을 향해 걸어갔다. 오늘도 술을 먹는다고 생각하니 벌써부터 위가 뒤틀리는 것 같았다. 그리고 한편으론 태형이네 누나가 보고 싶기도 했다.

"저기요……. 잠시만요."

고깃집으로 가는 발걸음을 잡는 한 아주머니의 목소리가 들렸다.

울먹거리는 표정으로 나에게 말을 걸었다. 두 손에는 전단지가 들려 있었다.

"네……, 네?"

"학생, 이것 좀 봐주세요. 우리 아들인데 한 달 전부터 소식이 없어요……."

아주머니는 무척이나 힘없는 목소리로 말하며 전단지를 내게 내밀었다. 나는 얼떨결에 전단지를 받았고 그냥 그대로 주머니에 넣었다. 뉴스나 드라마에서나 보던 상황이라 적잖이 당황했지만 받지 않으면 너무 무례해 보일까 봐서 그냥 빨리 주머니에 넣었다.

"아……. 네……."

대답도 건성으로 하고 빨리 자리를 떠서 한 40미터 정도 걸었다. 건널목 맞은편에 태형이네 누나네 고깃집이 있어서 신호를 기다리기 위해 잠시 멈춰 섰다. 시계를 보니 벌써 5시가 넘어가고 있었다. 벌써부터 환하게 켜진 간판에 '맛있는 집'이라는 고깃집이 있었다. 바로 태형이네 누나의 고깃집이다. 가게 안은 이미 손님들로 꽉 차 있었다. 바람도 서늘하고 노을이 조금씩 지기 시작했다. 비록 시험은 망했지만 뭐 상관 없었다. 안 다닐 거니까…….

신호를 기다리는데 문득 좀 전의 아주머니의 모습이 궁금했다. 왜 그랬을까……? 그래서 뒤를 돌아 아주머니가 있던 자리를 쳐다보았다. 아주머니는 아직도 그 자리를 계속 지키고 있는 것 같았다. 신호가 바뀌는 소리가 나고 나는 길을 건너기 시작했다. 그런데 그때 갑자기 끼이익 하는 굉음이 들렸다. 그리고는 '쾅' 소리가 났다. 반사적으로 고개를 돌려 소리가 난 곳을 쳐다보았는데 사람들이 비명을 지르고 웅성거리며 모여들기 시작했다. 자동차 사고였다.

'어……. 저기는 아주머니가 있던 곳인데…….'

문득 떠오른 생각에 뚫어지게 보니 아주머니가 보이지 않는 것이다. 뭔가 기분이 이상했다.

가던 차들이 전부 멈추고 가게 상인들부터 주위의 사람들이 사고 현장 주위로 모여 들기 시작했다. 나는 잠시 멍하니 바라보다 급히 사고가 난 쪽으로 다가갔다.

"아……."

나는 말을 잇지 못했다. 아까 그 아주머니는 머리에 피를 흘리며 쓰러져 있었고 나무기둥에 찌그러진 택시 한 대가 연기를 내고 있었다. 저 멀리서 구급차 소리가 들려왔고 경찰차 소리도 들려왔다. 몇몇 사람들은 울기도 하였고 다른 몇몇 사람들은 도와줄 방법을 찾지 못해 안절부절못하고 있었다.

"다들 비켜주세요."

구급 대원들이 큰 소리로 외쳤다.

사람들은 모두 걱정스러운 눈으로 사고가 난 아주머니를 바라보고 있었다. 나도 마찬가지였다.

그렇게 수습이 되던 중 나는 무심코 사고를 낸 택시를 바라보았다.

운전석에는 아무도 없었다…….

구급차를 바라보았는데 환자는 아주머니뿐이었다.

나는 운전수가 다른 구급차에 있을 것이라 생각하고 몇 분쯤 사고 정리 작업을 지켜보았다.

구급차가 떠나고 사람들도 하나둘씩 자리를 떴다.

나도 다시 길을 건너 고깃집으로 들어갔다.

고깃집에서도 바깥 상황을 알고 있었는지 손님들이 모두

웅성거리며 사고 현장에 대한 이야기를 하고 있었다.

"야, 성찬아 여기야."

진수의 목소리가 들렸다. 자리에는 태형이도 있었다.

"야, 나 방금 사고 난 거 보고 왔어……."

태형이와 진수도 사고가 난 것을 알고 있었다는 듯이 고개를 끄덕였다.

"소리가 엄청 크게 들리더라, 야."

"뭔 사고야? 자동차 사고?"

"응……. 어떤 택시가 아주머니를 친 것 같아."

나는 대충 대답하고 내 앞에 따라져 놓여있던 술 한 잔을 마셨다.

"이런 쌍, 음주운전 아니야?"

진수는 벌써 눈이 풀리고 혀가 꼬부라진 목소리로 말했다.

"몰라 나도……."

대충 대답을 하면서도 좀 전에 운전수가 보이지 않았던 것이 이상했다.

"성찬아, 진수 완전 취했어. 지금 소주 3병째다."

태형이는 고개를 저으며 술을 다시 한 잔 따라줬다.

"야, 너네 근데 왜 이렇게 취했어? 벌써부터……."

지금 여섯 시밖에 안된 것 같은데 다들 많이 취해있는 것 같았다.

"야, 성찬아, 진수 학교 자퇴하고 여기서 일 한다는데, 하하하."

태형이가 말했다.

진수는 완전히 취한 눈빛으로 나를 보며 씨익 웃었다. 그리고는 나지막이 말했다.

"야 나는 얘네 누나하고 결혼 할 거야. 크크크."

진수는 평소에도 이런 이야기를 종종 하곤 했다. 이번에도 아마 진심일 것이다.

"미친놈……. 우리 누나는 안돼."

"왜 안돼?"

"그냥 안돼."

나는 진수와 태형이가 이런 이야기를 하고 있는 것 자체가 짜증이 났다.

나는 담배를 태우려고 주머니에 손을 넣어 담배를 찾았는데 뭔가 종이가 있었다.

담배를 입에 물고 라이터로 불을 붙이고는 주머니에서 같이 꺼낸 종이를 봤다. 전단지였다. 아까 그 아주머니가 준 것이다.

전단지를 펼쳐 자세히 들여다봤다. 실종자를 찾는다는 전단지인데 실종자는 33살 남자였다.

생긴 건 멀쩡한데……. 특징 란에는 특별히 장애가 있지는 않았다.

'뭐지? 이 사람은?'

나는 다시 전단지를 주머니에 넣고는 다시 술을 마셨다.

진수와 태형이는 아직까지 누나 이야기 중이다.

take 1

"사실 저는 일찍 돈을 벌어야 하는 상황이었어요. 가정형편이 안 좋았거든요."

남자 손님은 힘겹게 말을 꺼냈다.

"아……, 그러시군요……."

"어머니는 몸이 불편하세요. 다리에 장애도 있으세요. 그리고 형이 한 명 있는데 그 새끼는 지금도 뭘 하는지 모르겠어요. 제가 택시 운전을 시작한 후부터 집을 나갔어요. 그전에도 한 번 나가면 몇 달 후쯤 가끔 다시 돌아와서는 어머니와 저에게 돈을 달라고 했어요……."

"아……, 그런 사정이 있으셨군요……."

나는 고개를 들어 백미러로 손님을 가끔 쳐다보며 고개를 끄덕였다. 남자는 다시 말을 이어갔다.

"근데 제가 택시 일을 시작하고 얼마 후에 알았어요…….
그 새끼 도박하는지요……. 거기다 약까지……."

손님의 이야기에 약간 당황을 했다. 생각보다 안 좋은 이
야기를 들어버린 것 같았다.

"아……, 네. 그런 사정이 있으셨군요."

남자는 잠시 말을 멈추고 담배를 태웠다. 백미러로 살짝
보니 여전히 어딘가 불편한 모습이었다.

"힘드시면 잠시 쉬었다 갈까요?"

나는 걱정이 되어서 손님에게 말했다.

"아니요……. 괜찮습니다."

그리고 한 5분쯤 서로 말이 없었다. 너무도 조용하기에 살
짝 불안했다.

그런데 갑자기 어디선가 타는 냄새가 났다. 잠시 뒷좌석을
보니 남자는 가방에 기대어 자고 있는 것처럼 보였다. 그리고
남자가 피우던 담배가 시트에 떨어져 있었다. 나는 화들짝
놀라서 고속도로 갓길에 차를 멈춰 세웠다.

급하게 내려서 뒷좌석 문을 열고 담배를 밖으로 던졌다.
약간 짜증이 났다. 이럴 거면 담배를 왜 피운 건지…….

"손님!! 손님!"

나는 손님을 불러서 깨우려고 했다.

그런데 완전히 곯아떨어졌는지 일어나지를 않았다.

"아, 이것 참……. 손님!!"

나는 손님을 흔들어 깨우려고 했다. 그리고 핸드폰 라이트로 구멍이 난 시트를 비추었다.

"손님……. 이거 담배를 이렇게……. 아악……!"

나는 깜짝 놀라서 문밖으로 넘어졌다. 라이트로 비췄던 시트에는 피가 흥건했다.

다시 라이트로 손님을 비춰보니 배쪽에서 피가 흘러 나왔다. 남자는 의식이 없어 보였다.

"아저씨……!!"

나는 다급한 마음에 손님을 계속 흔들어서 깨우려고 노력했다. 무척이나 당황되었다. 어떻게 해야 될지 완전히 패닉 상태가 되었다.

"아……, 아니……, 이……이거를……."

나는 말을 잇지 못했다. 짧은 시간에 많은 생각이 들었다. 가까스로 정신을 차리고 핸드폰으로 소방서에 전화를 걸었다.

"네, 119 상황실입니다."

"아……, 저기 여기 고속도로인데요……. 저……, 사람이 아니……, 제가 택시 기사인데요……. 손님이……."

나는 너무 당황스럽고 놀라서 횡설수설했다.

"네? 다시 한번 천천히 말씀해 주시겠습니까?"

"아……, 네 그러니까……, 제가 택시기사인데요, 손님이 지금 피를 흘리고 정신이 없는 것 같아요……."

나는 떨리는 목소리로 말했다.

"거기 위치가 어디시죠?"

구급 대원의 목소리도 조금 다급해진 것 같았다.

"여기가……."

그 때 갑자기 손님이 힘들어 하는 모습으로 간신히 눈을 떠 몸을 움직여 일어나며 나에게 손짓으로 말하지 말라는 제스처를 취했다. 그리고는 내 핸드폰을 달라고 손짓을 했다.

나는 무엇인가에 홀린 듯이 멍하게 손님을 쳐다보았다.

전화기 너머에서는 구급 대원의 목소리가 다시 들려왔다.

"여보세요? 환자분 위치가 어디세요?"

손님은 고개를 천천히 끄덕이며 나에게 핸드폰을 달라고 손짓을 했다. 그리고 나는 뭔가에 홀린 듯이 핸드폰을 건네 줘 버렸다……

핸드폰을 받아 든 손님은 힘겹게 숨을 내쉬고는 전화기에 대고 천천히 말했다.

"여수에 ㅇㅇ사거리 뒤 ㅇㅇ정육점입니다."

남자가 말하는 주소는 잘 들리지 않았지만 남자는 침착하게 말을 했다.

"예? 아까 고속도로라고 하지 않으셨나요? 지금 전화 받으신 분은 누구세요?"

"그냥……, 그쪽으로 와 주세요. 감사합니다……."

남자는 전화를 껐다.

그러고는 힘겨운 표정으로 나에게 말했다.

"아저씨 저 괜찮아요……. 그러니까 그냥 계속 가 주세요. 아마 병원까지 가는데 문제는…… 없을 거예요. 죄송합니다. 시트 청소비는 제가 드리겠습니다……."

남자의 말에 나는 몹시 당황했다.

"아니……, 그래도 이게……, 아니……, 참……."

"아저씨……, 정말 괜찮으니까 그냥 가 주세요."

남자의 눈이 나에게 뭔가 절실히 호소하는 것처럼 느껴졌다.

"아……, 네. 그러면 병원으로 빨리 모시겠습니다……."

나는 어쩔 수 없이 다시 운전석에 타서 시동을 걸고 출발을 했다. 심장이 두근두근 거리고 손이 떨렸다. 핸들을 꽉 움켜쥐고 가속 페달을 밟았다. 일단 어찌됐든 빨리 서울까지 들어가야 했다. 무조건 빨리 말이다.

"아저씨……."

손님이 나에게 명함을 하나 주었다. 명함을 받아 보니 병원 주소였다.

"이쪽으로 가 주세요……. 여기 응급실이 있어요……."

"아……, 네……, 알겠습니다."

남자는 말을 마치고는 다시 가방에 기대어 눈을 감았다.

이게 무슨 일인지 너무 당황스러웠다. 그리고 갑자기 이 손님을 태운 것 자체가 원망스러워졌다.

'아……, 씨……, 태우지 말걸…….'

식은땀이 나기 시작했다.

그렇게 어둠을 뚫고 길고 긴 고속도로를 4시간이나 쉼 없이 달렸다. 중간중간 백미러로 손님의 상태를 살피며 움직이는지 확인을 하며 달렸다. 어떻게 운전을 했는지 기억조차 나지 않았다.

take 3

"뭐야? 아무것도 없잖아……. 여기 주소 맞아?"

"네……. 저도 긴급 상황실에서 전달 받았는데……. 이 주소로 알려 줬는데요…….”

구급차와 119 대원들도 무슨 상황인지 인지를 못한 것처럼 멍하니 주변을 둘러보고 있었다.

새벽인데도 구급차와 구급 대원들이 밖에 있으니 자다 깬 주민들이 하나둘씩 나와서 벌써부터 현장은 북적거렸다.

“강 형사, 가서 현장 조사하고 무슨 일 있는지 알아봐! 이 새벽에 뭔 일이야? 장난전화 아니지?”

새벽 공기가 무척이나 차가웠다. 뭔가 싸늘한 분위기 탓인지 유난히 차가운 것처럼 느껴졌다.

잠시 주변을 살펴보고 신고 주소지인 정육점으로 걸어가 안을 들여다보았다.

안은 어두워서 잘 보이지 않았다. 위 간판을 자세히 들여다보니 ‘영수 정육점’이라고 써 있었다.

간판도 그렇고 가게도 곁에서 보기에 많이 낡아 있었다.

“임 형사님, 아무도 없고 그냥 조용한데요…….”

강 형사는 신고지 주변을 대충 훑어보고는 말했다.

“음……, 구급 대원들하고 주민들 전부 돌려보내고 일단 24시간까지 지구대원들 돌려가며 순찰 부탁드려.”

“네, 알겠습니다.”

"아! 그리고 먼저 서에 가서 신고 발신지 추적해서 나한테 연락해줘! 나는 좀 더 둘러보고 갈 테니까……."

"아, 네, 알겠습니다."

그렇게 강 형사는 다시 경찰서로 돌아갔다.

나는 한동안 주변을 살피고 다시 한번 정육점 안을 들여다보았다.

워낙 주변이 조용한 동네여서 그런지 주민들이 모두 들어가자 거리가 조용하고 한산했다.

조심스럽게 정육점의 문을 두드려 보았다. 하지만 역시나 아무런 인기척도 없었고 안은 너무 어두워서 아무것도 보이질 않았다.

'아, 이것 참……. 뭐야? 장난전화 때문에 이 고생을 한 거야……?'

담배를 한 대 피우려고 라이터를 켜는 순간 잠깐 정육점 옆에 쓰레기 더미가 쌓여있는 아주 작은 골목이 눈에 들어왔다. 겨우 사람 한 명이 간신히 들어 갈 수 있을 정도의 골목이 보였다.

쓰레기 더미가 많이 쌓여 있어서 골목인 줄도 몰랐었다.

잠시 그 골목 안쪽을 뚫어지게 바라보았다. 뭔가 묘한 기분이 들었다. 마치 저승으로 가는 통로처럼 골목 안쪽은 무섭도록 깜깜했다.

잠시 바라보다가 문득 들어가 봐야겠다고 생각이 들었다. 왜인지는 모르겠지만 묘한 분위기가 나를 끌어당기는 것 같았다.

"아…… 씨……, 짜증 나네……."

그렇게 쓰레기를 조금씩 걷어내고는 휴대폰 후레시를 비추며 골목 안쪽으로 들어갔다.

take 1

어둠을 뚫고 고속도로를 계속 달리다 보니 어느샌가 서울 근처에 도착을 했다.

하지만 아직 한 시간 정도를 더 가야 할 것 같아서 긴장을 늦출 수 없었다.

나는 백미러를 힐끔 보며 손님의 상태가 어떤지 계속 확인을 했다.

"저…… 손님, 괜찮으세요?"

떨리는 목소리로 나는 말했다. 혹시나 죽어버린 건 아닐까 걱정이 됐다. 극단적인 생각까지 들게 돼버렸다.

손님은 말이 없었다. 떨렸다.

나는 다시 급히 갓길에 차를 세우고 뒤를 돌아 손님을 보앉다.

"소……손님?"

"네……, 아저씨, 괜찮습니다……."

손님은 다행히 몸을 조금 움직이고는 대답을 했다.

"아……, 저기 거의 다 왔으니까 조금만 참아요……."

나는 안심을 시켜주려 애썼다.

"네……, 감사합니다. 최대한 빨리…… 부탁 드립니다."

"아! 네."

나는 다시 차를 움직여 빠르게 시내를 향해 들어갔다. 벌써 새벽 3시가 넘어가고 있었다.

생각해보니 물 한 모금도 마시지 않고 달려왔다……. 온몸에 땀이 흥건했다.

얼마나 달렸을까……. 시내로 진입을 해서 남자 손님이 준 명함 주소 근처에 거의 다 도착을 해갔다.

"손님……. 한 십 분 정도면 도착할 것 같습니다."

남자는 다시 말이 없었다. 다시 불안해졌다…….

take 2

"야, 그만 집에 가자!!"

잔뜩 취해버린 진수는 벌써 테이블에 쓰러져서 자고 있었고 태형이는 핸드폰만 만지작거리며 반쯤 눈을 감은 상태로 앉아있었다.

"야! 나 먼저 집에 간다."

나는 화도 나고 짜증도 나서 자리를 박차고 일어났다. 시계는 벌써 새벽 3시가 넘어가고 있었다.

진수와 태형이는 말이 없었다. 많이 취해 있는 상태라 들리지도 않았을 것이다.

나는 그대로 가게 문을 열고 밖으로 나갔다.

아직도 가게 안에는 손님들이 제법 있어서 바빠 보이는 태형이네 누나에게 인사도 못하고 그냥 나와 버렸다.

'이기지도 못할 술을 왜 이렇게 계속 쳐 마셔대는지……'

나는 속으로 한심하다고 생각을 했다.

버스나 지하철을 타기에는 시간이 너무 늦어버렸다. 할 수 없이 택시를 타고 자취방으로 가려고 길가 도로로 나왔다. 이 시간에 택시도 잘 잡히지 않을 텐데 걱정이 되었다.

아직 6월이지만 바람도 조금 불고 쌀쌀해서 자켓 주머니에 손을 넣고 택시를 기다리고 있었다.

한 십분 정도 지났을까 마침 저 앞쪽에서 택시 한 대가 오고 있었다. 나는 재빨리 손을 흔들었다.

그런데 택시는 나를 못 봤는지 아니면 보고도 그냥 무시를 한 것인지 그냥 '횡' 하고 지나쳐 갔다.

분명 빈차 표시가 되어 있는 등이 켜져 있었는데…….

나는 황당해서 택시의 뒷모습만 바라봤다.

"뭐야? 승차거부를 해? 이런 제기랄."

가뜩이나 힘들고 졸려서 빨리 집에 가고 싶었는데 완전히 무시당한 기분에 화가 났다. 또 한참을 언제 올지도 모르는 택시를 기다려야 한다는 생각에 짜증이 났다. 담배를 한 대 꺼내어 입에 물고는 전화기를 꺼냈다. 전화기에는 부재중 전화가 몇 통 와 있었다. 누군지 모르는 번호였다.

'뭐지? 누구지?'

익숙한 번호가 아니라 그냥 무시하기로 했다. 그렇게 시간이 흘러가고 있었다…….

take 1

"손님? 손님?"

대답이 없는 손님을 몇 번 더 불렀다.

눈 앞에는 남자 손님의 목적지인 병원이 있었다. 병원은 조금 오래된 건물 느낌이 나며 웬일인지 사람이 한 명도 없었다. 큰 병원이 아니라서 한가한가 보다라고 생각했다.

나는 응급실 바로 앞에 차를 세우고 운전석에서 내려서 손님을 깨우려고 뒷좌석으로 들어갔다.

"손님! 다 왔습니다. 빨리 내려서 들어가세요! 아니면 제가 의사를 부를까요?!"

나는 급한 마음에 남자를 흔들어 깨우려고 했다. 그런데 남자는 아무런 미동도, 대답도 없었다.

"저기……, 손님?"

남자의 손을 잡았다. 그런데…… 손이 차가웠다. 그리고 손을 놓은 순간 남자의 몸이 축 쳐졌다.

남자의 어깨를 잡고 똑바로 앉히려고 하자 반대편 좌석으로 힘없이 고꾸라졌다.

시트에는 피가 아까보다 더 많이 흘러 내리고 있었다.

"으아아아악……."

너무 놀라 뒤로 자빠졌다.

잠시 동안 말도 나오지 않고 넘어진 상태로 남자를 바라보았다. 그러다 문득 정신을 차리고 남자의 코와 입에 손을 갖다 댔다.

숨을 쉬지 않는 것 같았다…….

너무나 당황스럽고 눈물이 나오기 시작했다. 어쩔 줄을 몰랐다. 눈물과 콧물이 범벅이 돼서 주변을 둘러 보았다. 아무도 없었다.

그때 응급실 문이 열리고 간호사가 나왔다.

"무슨 일이시죠?"

나는 간호사를 쳐다보았다. 엉망이 된 얼굴로 말이다. 눈에서는 눈물이 흐르고 코에서는 콧물이 흐르고…….

너무도 황당하고 당황스럽고 미쳐버릴 것 같고 말도 나오지 않았다.

"저기요? 무슨 일이세요?"

간호사가 다시 말했다.

그 때 간신히 나는 떨리는 목소리로 말을 내 뱉었다.

"저…… 그게……, 제가…… 배가…… 아파서……. 그런데 지금 괜찮……습니다. 안녕히 계세요……."

나는 운전석으로 들어가 다시 급히 차를 돌려서 병원을 빠져 나갔다.

숨이 가빠지고 눈에서는 눈물이 흐르고 있었다.

'내가 무슨 말을 했지? 왜 다시 나왔지? 배가 아프다고? 뭐지?'

마치 내가 사람을 죽인 것 같은 기분이 들었다. 혼란스러웠다.

"왜……, 왜 거짓말을 한 거야……. 뭐야……이거……. (흑흑)"

나는 보았다.

확실하게…….

남자가 시트에 고꾸라질 때 반쯤 눈을 뜬 상태로 창백해
진 얼굴로 나를 바라본 채 죽어 있던 모습을…….

take 3

골목 안은 심한 악취가 났다. 후레시로 비춘 골목 안쪽은
완전히 난장판이었다.

먹다 버린 각종 음식 쓰레기와 음료수 캔들이 아무렇게나
나뒹굴고 있었다.

"젠장……, 옷 세탁을 또 해야겠구먼……."

악취 때문에 머리가 지끈거리고 속이 메스꺼웠다. 그때 핸
드폰 진동이 울렸다.

강 형사이다.

"임 형사님, 발신지 추적을 해 봤는데 어딘지는 정확히 안
나오네요……. 그런데 남원 근처로 뜨는 것 같습니다."

"뭐? 남원? 남원 근처인데 왜 여수로 신고를 한 거야?"

나는 전혀 지역이 다른데 응급신고를 여수로 한 이유가 뭔
지 궁금했다.

"아……, 저……, 그건 잘 모르겠습니다. 구급대원들도 잠

깐 신고를 받고 전화가 끊겨 버렸다고 해서요……."

강 형사의 말을 들으니 정말 장난전화가 아닐까? 하는 생각이 더욱 확실해지는 것 같았다.

"알았어. 금방 내가 다시 서로 들어갈 테니까 다른 사건 먼저 처리하고 있어."

나는 대충 말하고는 전화를 끊었다.

여전히 악취 때문에 머리가 아프고 속이 울렁거리고 있었다. 만약 여기에 별다른 특별한 것이 없으면 그냥 빨리 돌아가려고 마음을 먹었다.

조금씩 후레시를 비추어 좀 더 안으로 들어가니 큰 기름통 같은 것이 하나 보였다. 그런데 기름통 근처로 다가가자 더욱 심한 악취가 났다. 아마도 이 통 안에서 나는 것 같았다.

'아, 씨……, 뭐야 이거?'

속으로 잘못 들어왔다 싶었다. 굳이 열어보고 싶지도 않았다. 그런데 열어봐야 할 것만 같은 느낌이 들었다. 이상한 악취가 너무 심해서였을까? 안에 뭐가 있을지 갑자기 궁금해졌다.

조심스레 통을 불빛으로 비춰봤다. 통은 뚜껑이 살짝 열려 있었다.

손수건으로 코와 입을 막고 조심스럽게 뚜껑을 열어 안을 보았다.

"아……, 우욱……!!"

헛구역질이 났다.

통 안을 불빛으로 비춰보니 돼지나 소의 내장이나 썩은 고깃덩어리가 잔뜩 있었다. 그리고 파리가 득실득실거렸다.

만지고 싶지 않아서 그냥 통 뚜껑을 다시 닫고 골목 밖으로 빨리 빠져 나왔다.

핸드폰으로 강 형사 전화번호를 눌렀다. 신호가 몇 번 울리고 강 형사의 목소리가 들렸다.

"네. 임 형사님."

"강 형사! 저기 지금 국과수에 연락해서 내일 오전까지 여기 신고지 정육점으로 감식반 오시라고 부탁드려."

"네? 아……, 네 알겠습니다. 그런데 뭐가 있나요?"

강 형사는 의아하다는 말투로 물어봤다. 그도 그럴 것이 이 골목을 알지도 못했으니 궁금한 게 당연할 것이다.

"그냥 뭐 확인해 볼게 있어서. 아! 그리고 근처 지구대에 연락해서 여기 정육점 주변에 순찰차 내일 아침까지 고정 대기 부탁드리고 혹시 누가 이 근처 지나가는지 확인 좀 해달라고 부탁드려."

"아. 네, 알겠습니다. 지금 연락하도록 하겠습니다."

강 형사의 대답을 듣고 나서 전화를 바로 끊었다.

손에서는 이상한 악취가 났다. 그리고 온몸에서도 악취가 진동하는 것 같았다.

왜 강 형사에게 감식반을 불러오라고 말했는지 나도 이해가 안됐다. 그냥 신고지 주변에 이상한 통이 있었고 아마 내가 만지기 싫어서 그랬던 것 같았다.

손수건으로 대충 손을 닦고 차로 돌아가서 시동을 켰다. 백미러에 끈으로 매달린 가족 사진을 보니 한숨이 나왔다.

'아⋯⋯, 이 생활도 못 해먹겠네⋯⋯.'

나는 속으로 하루에 몇 번씩이나 이 생각을 되뇌곤 했다. 지금은 더 강렬하게 생각이 난다⋯⋯.

나는 곧 차를 돌려 다시 서로 향했다.

take 2

한참을 기다렸을까? 벌써 담배를 2대 이상 피운 것 같았다.

택시는 올 기미가 보이지 않는다. 핸드폰으로 시간을 보니 새벽 4시가 거의 다 되어가고 있었다.

"아⋯⋯, 이거 이러다 걸어가야 되는 거 아니야?"

짜증이 솟구쳤다. 집까지 걸어가면 거의 한 시간은 족히

걸릴 것이다. 그래도 선택의 여지가 없었다. 여기서 30~40분을 기다리는 것보단 그냥 한 시간을 걸어가는 게 나을 거라고 생각했다. 나는 자취방 쪽으로 발걸음을 옮겨 걷기로 했다.

몇 미터쯤 걸어 갔을까……. 반대편에서 택시가 한 대 지나가려고 하는 것이 보였다. 나는 재빨리 크게 손을 흔들고 소리를 질렀다.

"아저씨, 택시!!! 택시!!"

혹시 봤으면 좋겠다고 생각하고 필사적으로 손을 흔들고 움직였다.

점점 가까이 지나쳐 갈 때쯤 다시 한 번 크게 손을 흔들고 외쳤다.

"여기요, 택시!! 택시!! 택……."

택시는 나를 못 봤는지 휭 하고 그냥 반대로 지나쳐 갔다.

그런데……, 이상하게도 아까 나를 그냥 무시하고 지나쳤던 택시와 차종이 비슷하게 생겼다.

그리고 아까 화가 나서 잠깐 봤던 택시 뒤 번호판 숫자가 얼추 비슷해 보였다.

'응? 뭐지 저 택시는? 아까 그 택시 아닌가?'

나는 속으로 아까 그 택시가 지금 다시 반대 방향으로 지나갔다고 생각이 들었다.

'아닌······가?'

그런데 아니라고 하기엔 이 시간 이 동네에 택시도 잘 다니지 않고 그리고 차종이 똑같아 보였다.

'아. 몰라. 빨리 집에나 가야겠다. 요즘 택시는 싸가지가 없어······.'

나는 복잡하게 생각하지 않고 다시 집 쪽으로 걸어갔다.

한참을 걸었다. 술을 많이 마셨는지 술기운이 올라오고 다리가 아파 잠깐 버스 정류장 벤치에 앉았다. 그런데 문득 생각이 났다.

아까 나를 지나쳐 간 택시가 다시 이번에 지나쳐서 간 택시와 동일한 택시라는 것이······.

나는 분명히 보았다. 번호는 잘 기억이 나질 않지만 번호판 앞에 '여수'라고 표시가 되어 있었다.

그렇다······. 여기는 서울인데 여수 택시가 그것도 똑같은 차종이 2대가 다닐 리가 없었다. 나는 확신했다.

'그래······. 여수 택시니까 여수로 빨리 돌아가려고 나를 안 태웠겠지······.'

나는 그냥 좋게 좋게 생각하고는 주머니에서 담배를 하나 꺼내어 피웠다.

그렇게 한 모금 두 모금 피우고 쉬고 있는데 저쪽에서 다시 택시 한 대가 내 쪽으로 오고 있었다.

나는 얼른 담배를 끄고 택시를 잡으려고 도로로 나와서 손을 흔들었다.

"택시, 택시!!"

그런데 이게 무슨 일인가! 아까 그 여수 택시가 나를 다시 지나쳐 가는 것이었다.

"아……, 택……."

그 순간 나를 지나쳐가던 택시의 안을 보았다.

슬로우 비디오처럼 그 순간이 지나갔다.

한 손님이 택시 뒷좌석에 누워 있는 것이…….

'응……, 뭐지?'

의아했다. 손님은 누워있는데 차는 왔다 갔다 하고 있는 상황이…….

'여수에서 술 먹고 택시를 타고 서울까지 온 건가? 손님이 잠이 들어서 헤매고 있나?'

나는 오만 가지 생각이 들기 시작했다.

그런데 택시가 지나간 자리에 물이 흐른 것 같은 자국이 있었다.

그리고 마침 다른 승용차가 헤드라이트를 켜고 도로를 달려 오고 있었다.

나는 헤드라이트 불빛에 그 물 자국을 바라보았다.

"어……!! 이거…… 핀가?"

take 3

"선배님!"

"저……, 선배님……!"

"어……응? 왜……?"

눈을 떠보니 강 형사가 나를 흔들고 있었다. 새벽에 서로 돌아와 잠깐 앉아서 휴대폰을 만지작거렸는데 깜빡 잠이 들었던 것 같다.

"선배님, 국과수에서 지금 출발한다고 연락이 왔습니다."

강 형사는 새벽에 집에 들어갔다가 나왔는지 옷이 바뀌어 있었다.

"응, 알았어. 우리도 출발하자고."

나는 늘어지게 하품을 하고 욱신거리는 몸을 일으키고는 화장실로 향했다. 아직도 옷에서는 새벽의 그 기름통 속 악취가 나는 것 같았다.

'아……, 이런 씨……, 갈아입을 옷도 없는데…….'

티셔츠만이라도 갈아입고 싶은 마음이 간절히 들었다.

화장실에서 세면을 간단히 하고 경찰서 주차장으로 걸어 나갔다. 벌써 강 형사가 차 시동을 걸고 기다리고 있었다. 날씨는 굉장히 흐려서 곧 비가 올 것만 같았다. 나는 차에 올라탔다.

"어우……, 임 형사님, 어제 어디 가셨다 오셨길래 옷에서 이상한 냄새가 나요?"

강 형사는 코를 만지며 나를 바라보고는 얼굴을 찌푸렸다.

나는 어이가 없고 짜증이 나서 몇 초간 강 형사를 빤히 쳐다보았다.

"야, 너 어제 서에 있을 때 나는 어디 있었어?"

"네? 아……, 그…… 현장에 계셨었죠."

강 형사는 민망한 듯 대답을 했다.

"너!"

"네?"

"너 집에 갔다 왔지?"

나는 강 형사를 빤히 쳐다보며 물어봤다.

"아……, 네……."

"나도 좀 들어가고 싶다. 그리고 집에 갔다 왔으면 남는 옷이라도 하나 가져와서 주지 그랬냐?"

나는 날씨도 흐리고 기분도 별로이고……. 짜증이 났다.

"아니다……. 그냥 빨리 가자."

나는 창밖을 바라보며 귀찮은 어투로 강 형사에게 말했다.

"아……, 네……. 죄송합니다."

강 형사는 얼른 핸들을 돌리며 출발을 했고 우리는 그렇게 경찰서를 빠져 나와 새벽의 현장으로 달려갔다.

take 1

얼마나 잤을까……. 가만히 일어나서 시계를 바라보았다. 온몸이 쑤시고 아팠다. 감기인듯싶었다.

시계는 벌써 11시를 가리키고 있었다.

상태를 보니 옷도 갈아입지 않은 채로 잠이 들었던 것 같았다.

머리도 지끈거리고 아팠다. 컨디션이 굉장히 좋지 않은데 그 와중에 배는 고팠다. 나는 수화기를 들고 카운터에 전화를 했다.

그렇다. 새벽에 간신히 구석지고 허름한 모텔을 찾아 방에 들어와서는 바닥에 쓰러져서 잠이 들어버린 것 같았다.

수화기 너머 카운터 아주머니의 목소리가 들렸다.

"네, 카운터입니다."

"아……. 저기 된장찌개 하나 배달 좀 시켜주실 수 있나요?"

나는 힘없는 목소리로 물어봤다. 몸이 아파서 그런지 목소리도 잘 나오지 않았다.

"네. 404호 맞으시죠?"

"네……. 아. 그리고 혹시 감기약하고 진통제 좀 주실 수 있으신가요?"

"아! 네, 그러면 찌개 오면 배달부 통해서 같이 올려 보내 드릴게요!"

"네……. 감사합니다."

나는 수화기를 다시 내려놓고는 주머니에서 담배를 한 대 꺼내 피웠다.

멍하니 앉아서 한참을 담배를 피우다가 텔레비전을 켰다. 그대로 몇 번 채널을 이리저리 돌리다가 다시 텔레비전을 끄고 멍하니 벽을 바라보고 있었다.

기분이 이상했다.

여기 모텔에 들어오기 전까지의 기억이 가물가물하고 잘 나지 않았다. 갑자기 몇 년은 시간을 훌쩍 뛰어 넘어버린 것 같은 기분이 들었다. 온 몸에 힘이 빠져서 움직이기도 힘들 었다.

몇 분이나 흘렀을까……. 방에 벨이 울렸다.

나는 힘겹게 자리에서 일어나 문 쪽으로 걸어갔다.

"누구세요?"

"배달 시키셨죠?"

아……, 벌써 배달이 왔다. 별로 기다린 것 같지 않았는데…….

나는 문을 열었다.

배달원은 음식을 바닥에 차례차례 내려놓았다. 나는 한동안 물끄러미 놓인 음식들을 바라보았다.

"만 팔천 원이요!"

배달원은 아주 어려 보였다. 말도 툭툭 내뱉는 것이 예의가 없어 보였다. 나는 예의가 없는 사람을 극도로 싫어하는 경향이 있다. 그런데 지금은 뭐라 말하고 싶지 않은 기분이었다.

그런데 가만히 생각을 해 보니 된장찌개만 시켰는데 왜 만 팔천 원인지 이해가 되질 않았다.

"왜 만 팔천 원인가요? 너무 비싼데요……."

배달원은 나를 빤히 바라보다가 주머니에서 뭔가를 꺼내서 나에게 들이밀었다.

약봉지였다.

"카운터에서 이거 가져다 주라고 하던데요."

나는 잠깐 멍하니 약봉지를 바라보았다.

아……, 맞다. 깜박하고 있었다.

"아……, 아……, 감사합니다."

나는 약봉지를 받아 들고는 뒤돌아 다시 침대 쪽으로 걸어 들어갔다.

그 때 뒤에서 배달원의 목소리가 들렸다.

"아이, 아저씨! 돈 주셔야지 어디 가세요?"

배달원의 짜증 섞인 목소리가 갑자기 신경에 거슬렸다……

나는 천천히 뒤를 돌아 배달원을 쳐다보았다. 배달원 역시 심드렁한 얼굴로 나를 빤히 쳐다보았다. 나는 왠지 모르게 멍하게 그리고 천천히 배달원 쪽으로 걸어갔다. 그때였다.

"어? 아저씨……, 옷에 그거 피…… 아니에요?"

배달원은 흠칫 놀라며 말했다.

나는 '피'라는 말에 멍하던 정신이 '번쩍'하고 돌아왔다. 그리고 입고 있던 옷을 봤다. 옷에는 빨갛다 못해 검은색으로 바랜 것 같은 뭔가가 묻어 있었다. 나는 흠칫 놀랐다. 뭐가 묻은 것인지 알 수가 없었다. 그렇다……. 어제 새벽까지의 기억이 가물가물했다. 분명히 어젯밤에 기사식당에서 늦은 저녁밥을 먹은 것까지는 기억이 선명한데 말이다.

"아저씨 택시 기사예요?"

배달원은 나를 위아래로 훑어보고는 말했다.

"아……, 네……."

나는 뒷주머니에서 지갑을 꺼내어 얼른 배달원에게 돈을
주었다.

"여기 있습니다."

"아저씨……, 어디…… 아프세요? 병원에 가야 되는 것 아
니에요?"

배달원이 말할 때마다 뭔가 알 수 없는 짜증이 났다.

"그냥 신경 끄고 가세요."

배달원은 나의 약간은 신경질적인 말투에 당황을 했는지
뻘쭘하게 돈을 받았다.

"아……, 네. 다 먹고 그릇은 밖에 놔두세요……."

배달원은 한마디를 남기고는 황급히 나갔다.

나는 물끄러미 내 옷을 다시 바라보았다. 택시 운전복에는
알 수 없는 뭔가가 묻어 있었고 이상하고 비릿한 냄새를 풍
기고 있었다.

'이게…… 뭐지?'

take 3

"임 형사님, 다 왔습니다."

"어……어? 아……, 그래."

깜박 잠이 들어버렸었나 보다. 현장에 도착하니 벌써부터 감식반 사람들 여러 명이 분주하게 움직이고 있는 것이 보였다. 나는 얼른 차에서 내려서 감식반 사람들 쪽으로 갔다.

"아이고, 수고가 많으십니다."

나이가 좀 들어 보이는 감식반 사람에게 다가가서 말을 걸었다. 아마도 팀장이지 않을까 싶었다.

"아……, 네, 누구시죠?"

"아, 여수 서에서 나온 임강철 형사입니다."

나는 신분증을 보여주고는 담배 한 대를 꺼내 물었다.

"아, 수고하십니다. 저는 팀장 오형식이라고 합니다. 그런데 어제 새벽에 연락을 받았는데 무슨 사건인가요?"

팀장이 긴장한 모습으로 말했다.

"아. 어제 새벽에 구급대에 신고가 하나 들어왔는데 여기 정육점으로 누가 와 달라고 했다네요."

나는 손으로 바로 옆 정육점을 가리키며 말했다. 정육점은 여전히 문이 닫혀 있었고 영업을 하지 않는 것처럼 보였다. 아침에 와서 보니 그냥 일반 건물이고 분위기도 사뭇 달랐다. 주변 거리는 여전히 한산하지만 그래도 몇몇 가게들도 영업을 하고 있고 지나다니는 사람들도 어느 정도 있었기에 썩 기분 나쁜 분위기는 아닌 것 같았다.

"여기 뭐가 있나요?"

팀장은 의아한 말투로 물어봤다. 그도 그럴 것이 사실 새벽에 특별히 뭔가가 발견되거나 문제가 있었던 것은 아니기 때문이다.

팀장의 질문에 나도 약간 민망해졌다. 사실 그냥 더럽고 역겨운 기름통을 하나 찾아서 조사하려고 부른 것인데 말이다.

"아, 다름이 아니고 저기 정육점 옆에 골목 하나 보이시죠?"

나는 손가락으로 쓰레기 더미가 쌓여 있는 곳을 가리켰다.

"네? 골목이요?"

감식반 팀장은 내가 가리킨 쪽을 유심히 보더니 말했다.

"쓰레기 밖에 안 보이는데요……."

"아, 잠시만 같이 가 보시죠."

나는 팀장을 데리고 쓰레기 더미 쪽으로 다가갔다. 그러고는 쓰레기 더미를 전부 치워냈다.

"어? 아……, 골목인 줄 몰랐네요. 그런데 여기에 뭐가 있죠?"

팀장은 질문을 하고서는 골목 안을 유심히 살펴봤다.

"저기 안쪽에 보면 기름통이 하나……, 어?"

나는 팀장에게 말을 하며 골목 안쪽을 보았는데……, 새벽에 있었던 기름통이 없어졌다.

말 그대로…… 없어졌다.

그것도 흔적도 없이 말이다…….

"아무것도 없는 것 같은데요?"

감식반 팀장은 골목을 보고 또 나를 쳐다보고는 이상하다는 듯이 말했다.

"어? 새벽에 내가 기름통을…… 봤는데……."

나는 혹시 안쪽에 다른 골목이 있나 싶어서 골목 안쪽으로 뛰어 들어갔다. 그런데 골목 안쪽으로 뛰어 들어가 봤지만 길은 하나였고 더 안쪽은 막혀 있었다.

'뭐지? 왜 없지?'

무척이나 당황했다. 새벽에 분명히 그것도 아주 똑똑히 보았는데 몇 시간 만에 그것도 아침에 이렇게 흔적도 없이 사라진 것이 너무나 황당했다.

골목 위아래를 쳐다보고 사방을 둘러봤다. 그래 봤자 사람 한 명이 겨우 들어갈 만한 조그만 골목에서 특별히 찾을 수 있을만한 것은 없었다.

지금은 민망하다기보다는 신기하고 이상했다.

"뭐, 아무것도 없는데요?"

어느샌가 감식반 팀장이 뒤에 와서 나에게 말했다.

"어……, 아…… 아니요. 새벽에 분명히 제가 기름통

을…… 봤는데요…….”

나는 무척이나 당황했다.

“아, 정말 뭐 하시는 거예요? 아침부터 팀원들하고 부랴부랴 준비해서 여기까지 왔는데…….”

팀장은 다시 골목 밖으로 나가고 있었고 나는 그 뒷모습을 그대로 멍하니 지켜봤다.

할 말이 없었다. 뭔가에 홀린 것 같은 기분이 들었다.

take 1

나는 옷을 벗어서 천천히 냄새를 맡아봤다. 이상한 비릿한 냄새인데 어디서 많이 맡아본 냄새였다. 옷을 든 채로 방 안 주위를 천천히 둘러봤다. 그런데…….

‘못 보던 배낭인데……?’

처음 보는 배낭이 침대 밑에 놓여 있었다.

take 2

“아……아악!”

눈을 번쩍 떴다. 눈앞에는 천장이 보였다. 몇 초간 멍하니 있다가 정신을 차리고 보니 자취방 안이었다.

"아, 씨……, 머리 아파."

어제 먹은 술 때문에 머리가 깨질 듯이 아팠고 속도 좋지 않았다.

옷을 보니 어제 입고 있던 옷을 그대로 입고 잤었나 보다. 그 와중에 자켓과 양말은 벗어놨는지 방 안에 널브러져 있었다. 창문을 보니 어둑어둑한 것이 비가 올 것 같았다.

"아…… 머리야……. 근데 어제 집에 어떻게 왔지?"

어제 집 근처까지 도착한 것은 기억이 나는데 그 이후부터는 필름이 끊겨버린 것 같았다.

핸드폰을 보니 시간은 벌써 11시가 넘어 있었다. 그리고 태형이에게 부재중 전화가 와 있었다.

아픈 머리를 만지며 화장실로 들어가서 샤워를 했다. 옷하고 몸에서 고기 냄새가 심하게 났기 때문이다.

'다시는 술 안 먹어야지……씨…….'

샤워를 하다 문득 새벽에 집으로 가는 길에 본 택시가 생각이 났다. 왜일까?

아마도 그 택시를 잡아 타려고 했는데 몇 번이나 허탕을 쳐서였을까……?

나는 샤워를 마치고 방으로 들어가서 텔레비전을 켰다.

술 때문에 속은 아픈데 배도 고프고 해서 책상 위에 놓인 음식 배달 전단지를 천천히 훑어봤다.

한참을 보다가 왠지 지금은 얼큰한 것을 먹고 싶어져서 한 음식점으로 전화를 걸었다.

"네, 여보세요?"

수화기 너머로 아저씨 목소리가 들렸다.

"아, 오늘 김치찌개 주문되나요?"

"네, 주문됩니다."

"여기 삼익빌라 2층이요."

나는 간단히 주소를 말했다.

"아! 삼익빌라 학생이구나?"

아저씨는 나를 알고 있었다. 사실 단골은 아니지만 가끔 시켜 먹곤 해서 아마 아저씨가 나를 알고 있는 것 같았다.

"아……, 네."

"그래, 금방 배달해 줄게."

"네, 감사합니다."

전화를 끊고는 어제 입었던 옷들을 빨래통에 넣으려고 주머니를 확인했다. 예전에 돈이 들어있는 채로 그냥 세탁기에 옷을 돌렸다가 낭패를 본 적이 있었기 때문이다.

주머니를 뒤지다가 자켓 주머니 안에서 전단지 같은 것이 하나 나왔다.

'이게 뭐지?'

나는 종이를 펼쳐 보았다.

'아! 맞다……. 어제 아주머니가 준 종이구나……. 근데 아주머니는 괜찮으신가?'

나는 문득 어제 오후에 있었던 아주머니의 교통사고 장면이 떠올랐다.

이상하게도 어제 많은 일들이 나에게 벌어진 것 같은 기분이었다. 알 수 없는 묘한 감정이 드는, 기분 나쁜 하루인 것 같았다.

나는 전단지를 책상 위에 올려 놓고는 세탁기에 자켓하고 옷을 넌져 넣었다. 그리고 다시 텔레비전을 보기 시작했다.

얼마쯤 시간이 지났을까, 벨이 울렸다.

"누구세요?"

나는 아마도 배달음식이 왔다고 생각이 들어 얼른 지갑을 들고 나갔다.

"배달이요!"

역시나 내 예감이 맞았다. 얼큰한 김치찌개를 먹을 생각에 벌써부터 입안에 침이 돌았다.

나는 문을 열었다.

"어? ……어?"

"어?"

배달원과 나는 서로 놀랐다.

"야, 너 성찬이 아니냐?"

배달원은 나를 보고는 놀라면서도 반가운 얼굴로 말했다.

"어. 너 혹시 정수냐?"

나도 놀랐지만 너무 반가운 얼굴로 말했다.

"그래, 맞아. 인마, 야! 진짜 오랜만이다. 잘 있었냐?"

"나는 잘 있었지. 너 여기서 배달하고 있었구나?"

우리는 반가워서 서로 얼싸 안았다. 음식은 이미 뒷전이었다.

"야! 진짜 오랜만이다. 아! 맞다. 잠깐만."

정수는 배달음식을 꺼내어 놨다.

"야, 근데 나는 네가 여기서 배달하는지 몰랐어. 나 여기서 가끔 시켜 먹었는데……."

"아, 나 요 근래에 여기서 일하기 시작한 거야."

정수는 씨익 웃으면서 말했다.

정수와 나는 고등학교 동창이었고 그 시절에는 꽤나 친하게 지냈었다. 학교 땡땡이도 같이 자주 하고 놀러도 같이 다니고 밥도 거의 같이 먹었다. 그러다가 고등학교 3학년 초반쯤에 정수가 다른 학교로 전학을 가는 바람에 그렇게 연락이 뜸해지다가 결국엔 소식이 끊겼었다.

아마도 서로 바빴기 때문일 거라 생각이 들었다. 서로 대학 생활도 하고 군대도 다녀오고 하다 보니 점점 잊혀갔었나 보다…….

"야, 아무튼 반갑다. 야, 근데 내가 지금 배달이 많이 밀려서 다른 데 가야 되거든."

정수는 많이 바빠 보였다.

"아, 그래, 얼른 가봐. 또 연락하고."

"그래, 연락 할게. 또 보자."

정수는 짧게 인사를 하고 다시 돌아 나갔다. 오랜만에 동창을 이렇게 만나게 돼서 정말 신기했다.

나는 김치찌개를 들고 방바닥에 앉아서 허겁지겁 먹기 시작했다. 그러다 문득 생각이 났다…….

'아! 정수 전화번호를 안 물어봤네…….'

take 3

"임 형사님!"

…….

"임 형사님?"

"어? 아……, 어. 왜?"

"무슨 생각을 그렇게 하고 계세요? 그리고 이 골목은 뭐예요?"

강 형사는 의아한 듯 물어봤다. 나도 의아했다. 여기에서 내가 새벽에 무엇을 봤고 또 지금 여기서 뭐하고 있는지가 말이다…….

강 형사의 질문에 한동안 대답을 하지 못했다. 그러다 문득 생각이 났다.

"야. 너 새벽에 내가 여기 주변에 순찰차 대기시키고 누가 지나가는지 확인해달라고 했었지?"

"네. 그러셨죠……. 그런데 왜요?"

뭔가 이상했다. 그럼 이 골목으로 들어가는 사람을 순찰하던 경찰이 보지 못했다는 것일까?

정육점 바로 옆 골목인데 말이다.

"새벽에 있었던 순찰차 어디 있어?"

강 형사는 의아하다는 듯이 고개를 갸웃거렸다.

"아……, 잠깐만요. 확인해볼게요."

강 형사가 어딘가로 통화를 하는 사이에 나는 다시 한 번 새벽에 내가 봤던 기름통 주변을 살펴봤다.

신기하게 이상한 악취도 나지 않았다.

어떤 미세한 뭐라도 있을까 싶어서 땅바닥을 자세히 봤다. 하지만 역시 아무것도 없는 듯 보였다.

주머니에서 다시 담배를 꺼내 물었다. 머리가 지끈거렸다.

그때 강 형사가 내 어깨를 손으로 툭 쳤다.

"임 형사님, 근처 지구대 팀장이 잠깐 전화 좀 바꿔달라는데요?"

강 형사는 내게 전화기를 내밀었다. 나는 말없이 전화를 받아 들고는 귀에 갖다 댔다.

"여보세요?"

"네. 여수 서 임강철 형사님이시죠?"

수화기 너머에서 굵직한 목소리가 들려왔다. 상당히 압박감이 있는 목소리였다. 왠지 모르게 잘못한 것도 없는데 혼나는 느낌이랄까?

"네. 맞습니다."

"아! 새벽에 저희 지구대 순경 두 명이 순찰 지원을 나갔는데요."

"네. 그런데요?"

"아, 그런데 임 형사님 파트너라는 조 형사님께서 자기가 있을 테니 다른 곳 좀 순찰 돌아 달라고 해서 돌다가 들어왔다는데요……."

지구대 팀장의 말에 잠깐 생각에 빠졌다.

'내 파트너 조 형사……. 누구지?'

몇 초 동안 조 형사가 누군지 생각을 했다. 잠시 동안 생각을 해봤지만 누군지 떠오르는 사람이 없었다.

"혹시 조 형사라는 분은 이름이 어떻게 됩니까?"

나는 되려 지구대 팀장에게 물어봤다.

"예?? 아, 잠시만요……."

수화기 너머에서 팀장이 직원들을 부르고 서로 이야기하는 소리가 들렸다.

"여보세요? 아. 조정철이라는 분이랍니다."

아무리 생각해도 그런 이름은 알지를 못했다.

"죄송하지만 저는 그런 사람을 모르는데요."

"네?? 모른다고요?"

수화기의 지구대 팀장은 많이 당황한 듯한 목소리였다. 그도 그럴 것이 만에 하나 뭔가 잘못되면 지구대 팀장도 그 책임을 면치 못할 테니까 말이다.

"일단 지금 그 순경들 여기로 보내주세요. 이야기 좀 해보겠습니다."

"아……, 네, 알겠습니다. 그런데 지금 두 명 중에 한 명이 출근을 안 했습니다. 오늘 비번이거든요."

지구대 팀장은 난처한 듯이 말했다.

"아. 그럼 한 명이라도 보내 주세요."

어쩔 수 없었다. 한 명이라도 만나서 새벽의 이야기를 들어봐야 했다. 그리고 조 형사라는 사람이 누군지에 대해서도 물어봐야 했다.

전화를 끊고 나는 담배를 다시 피우면서 골목을 나갔다.

강 형사는 말없이 굉장히 궁금한 표정으로 내 뒤를 따라 나왔다. 밖으로 나와 잠시 주변을 둘러봤다. 그 때 감식반의 오 팀장이 나에게 다가왔다.

"저희 어떻게 할까요? 그냥 돌아갈까요?"

나는 할 말이 없었다. 미안하기도 하고 뭔가 이상하기도 하고 복잡한 감정이 갑자기 들었다.

"아……, 네. 죄송합니다. 저기 혹시 잠깐만 아까 그 골목 벽하고 바닥만 조사 좀 해주실 수 있나요? 아무래도 뭔가 꺼림칙해서요……. 혈흔 같은 것이나 다른 뭔가가 있는지 확인 좀 부탁드릴게요."

부탁하는 나도 참 염치 없다고 생각했지만 그래도 내가 본 것이 거짓이 아닌 것 같아서 없어진 흔적이라도 찾고 싶었다. 그리고 더 이상한 것은 그냥 이 상황이 기분이 나쁘고 뭔가 찜찜했다.

"알겠습니다. 한번 체크해 보겠습니다."

오 팀장은 간단히 대답을 한 뒤 바로 골목으로 팀원들과 들어갔다.

나는 담배 한 모금을 깊게 빨아들이고는 주변을 살펴보았다.

"임 형사님, 저 잠깐 화장실 좀 다녀오겠습니다."

"응, 그래. 갔다 와."

급했는지 종종 걸음으로 정육점 옆 건물 쪽으로 사라져가는 강 형사의 뒷모습을 바라보았다.

그때였다…….

두 눈앞에 믿지 못할 장면이 펼쳐졌다.

택배 직원이 박스 하나를 들고 정육점 문을 두들기더니 큰 소리로 주인을 부르는 것이었다.

"조정철씨!! 조정철씨?!! 계세요?"

take 1

천천히 배낭 쪽으로 걸어갔다. 그러고는 천천히 조심스럽게 배낭을 들어 침대 위에 놓았다.

뭔가 묵직한 것이 안에 꽤 많은 짐이 들어있는 듯했다.

나는 뭔가에 홀린 듯이 배낭을 풀기 시작했다. 내 것도 아닌데 말이다.

배낭을 풀고 안을 들여다보았다. 신문지에 싸여 있는 뭔가가 보였다.

축축히 젖은 신문지를 만져봤다.

"피……다……."

비릿한 피 냄새는 확실히 역했다.

겹겹이 싸여 있는 신문지를 조금씩 풀기 시작했다. 한 겹 두 겹……, 피…… 때문이었을까 정신이 조금씩 돌아오는 것 같은 기분이었다. 그리고 벗겨낼 때마다 긴장이 되기 시작했다.

마지막 아주 얇은 한 조각의 신문지만 남겨두고 모두 벗겨낸 것 같았다.

알 수 없는 긴장감이 온몸을 휘감았다.

왜냐면…… 뭔가 딱딱한 것이 만져졌기 때문이다. 칼인지 흉기인지 아니면 그 밖의 무엇인지 알 수가 없었다. 그런데 마지막 신문지는 벗겨내고 싶지 않았다.

"그런데 이거 누구 가방이지……?"

문득 내가 열어보고 있는 가방이 누구의 것인지 알 수가 없었다.

그런데 뭔가 낯익은 신문지였다.

"어……, 이건…… 우리 회사에서 나오는 신문지인데……?"

정신이 번쩍 들었다. 순간 숨이 가빠져 오기 시작했다. 손도 갑자기 부들부들 떨리기 시작했다.

"이게 왜 여기 있지?"

피 묻은 신문지를 조심스레 펼쳐 보았다. 가장 먼저 날짜

부분이 눈에 들어왔다.

'2013년 6월……?'

신문의 날짜는 내가 택시회사에서 근무한지 한 달째 되던 날쯤인 것 같았다.

현재 근무하는 택시 회사에서는 매주 한 번씩 택시나 지역 관련 신문이 배송되어 오곤 했다.

택시 기사들은 신문을 가지고 운전을 하면서 지루할 때 가끔 차 안에서 읽곤 했었다.

나 역시 마찬가지였다.

이 신문지가 왜 여기 이렇게 피가 묻은 채 무언가를 감싸고 있는지 모르겠다.

"후읍……."

심호흡을 하고는 두렵지만 용기를 내서 신문지를 전부 벗겨 보기로 했다.

천천히 신문지를 벗기자……, 안에서 핸드폰이 나왔다.

그리고

"으악……!!! 으악!!!"

나는 놀라서 뒤로 넘어졌다. 거의 기절할 뻔했다.

한동안 입을 다물지 못하고 넘어진 상태로 신문지를 쳐다보았다. 그 상태로 한…… 일이 분 정도 지났을까 조심스럽게 다시 신문지 안의 핸드폰을 보았다.

"이런……, 미친……, 으악……!!!"
말을 잇지 못했다.

핸드폰 그리고 그 핸드폰을 잡고 있는 손이 같이 신문지 안에 있었다.

손은 손목부분까지 같이 붙어있었다.

갑자기 속이 메스꺼워서 화장실로 들어가 토를 하기 시작했다.

그렇게 몇 번을 토했을까……. 문득 신문지 속의 핸드폰이 낯익다는 생각이 들었다.

화장실에서 바로 뛰어나와 핸드폰을 가까이서 다시 쳐다보았다.

확실히 생각이 났다.

"이런 씨……. 이게 왜 여기 있지? 으아아아!!! 쌍……!!"

나는 미칠 듯이 화가 나서 피가 묻은 옷을 던져 놓고 그대로 모텔 방을 뛰쳐나갔다.

바로 주변의 옷 가게로 달려갔다. 그리고는 다짜고짜 아무 옷이나 골라서 입었다.

"얼마야?"

"네……?"

"얼마냐고? 이…… 씨……, 빨리!!"

옷 가게 여종업원은 놀라서 아무 말도 하지 못했다.

나는 대충 주머니에서 만 원짜리 몇 장을 던지고는 가게를 다시 나와 모텔 방으로 뛰어 들어갔다.

"이런……, 미친…… 씨……!!!"

take 2

한참을 정신 없이 김치찌개를 먹고 있었는데 다시 초인종이 울렸다.

"누구세요? 잠시만요!!"

나는 먹다 말고 얼른 나가서 현관문을 열었다.

"아! 정수야?"

문 앞에는 정수가 서 있었다. 뭔가 잊어버린 것이 있었던 걸까?

"아! 성찬아!! 미안 미안. 내가 깜박하고 네 번호를 안 물어봤다. 하하."

정수가 멋쩍은 듯이 머리를 긁으며 웃었다.

마침 나도 좀 전에 그 생각을 하고 있었던 터라 잘됐다고 생각했다.

"아, 그렇지. 야, 나도 아까 정신이 없어서 못 물어봤네."

나는 얼른 방 안에서 핸드폰을 가지고 와서 정수에게 말했다.

"너 번호가 뭐야? 내가 입력할게."

정수는 뭔가 쭈뼛쭈뼛 하더니 나에게 말했다.

"아……, 미안 성찬아……. 내가 지금 핸드폰이 없어서 혹시 괜찮으면 종이에 네 걸 적어줄 수 있어?"

나는 조금 당황을 했다. 요즘 시대에 핸드폰이 없을 리는 없을 테고……. 무슨 일이 있어서 잃어버렸나? 라고 생각했다.

"어……, 그래 잠깐만."

나는 다시 방안으로 들어가서 종이와 펜을 가지고 나왔다.

번호를 적고 정수에게 내밀었다.

"자, 여기."

정수는 손을 내밀어 종이를 받아서 한 번 보고는 주머니에 넣었다.

"고맙다, 성찬아! 내가 다시 연락할게."

"응, 그래. 연락해."

정수는 씨익 웃으면서 다시 돌아서 나갔다.

나는 다시 방으로 들어와서 먹던 김치찌개를 다시 허겁지겁 먹기 시작했다.

얼마쯤 지났을까 밥을 거의 다 먹어 가는데 또 초인종이 울렸다.

나는 또 정수가 뭔가 잊어버린 것이 있나? 라고 생각하고 는 현관문 쪽으로 나갔다.

"정수냐? 뭐 또 잊어버렸어?"

그런데 문밖에서는 알지 못하는 남자의 목소리가 들렸다.

"김성찬 씨……?!"

"누구……세요?"

정수의 목소리가 아닌 낯선 아저씨의 목소리에 잠깐 흠칫 놀랐다.

아니 그보다 이 시간에 나를 찾아올 사람이 없는데 내 이 름을 부르는 것이 조금 당황스러웠다.

조심스레 현관문의 작은 구멍으로 밖의 상황을 보았다.

건장한 체격의 남자가 서있었다. 온통 검은 옷을 입고 있 는 남자는 뭔가를 들고 있었다.

"누구세요?"

나는 다시 재차 물어봤다.

그때서야 대답이 들려왔다.

"아! 경찰입니다. 뭐 좀 조사할 것이 있는데 잠시 여쭤봐도 될까요?"

'경찰……? 경찰이 왜 왔지……?'

나는 속으로 온통 생각을 해봤다. 혹시 어제 뭔가를 잘못했는지 곰곰이 곱씹어 봤다. 딱히…… 잘못한 것은 없는 것 같았다.

"잠시만요."

나는 재빨리 문을 열었다. 왠지 그래야 할 것 같았다.

"무슨 일이시죠?"

문을 열자 남자는 반사적으로 경찰 신분증을 꺼내어 내 눈앞에 들이밀었다.

"아. 저는 종로 서에서 나온 김온아 형사라고 합니다."

이름은 굉장히 여성스러운데 겉모습은 깡패 대여섯 명도 때려잡을 것처럼 생긴 형사가 무표정한 얼굴로 말했다.

"아……, 네. 그런데요?"

"아! 다름이 아니고 오늘 새벽에 혜화동에서 택시 한 대 보셨어요?"

문득 새벽에 봤던 택시 한 대가 생각이 났다. 그러면서 갑자기 소름이 끼치기 시작했다.

아니 내가 새벽에 본 것을 오늘 생전 처음 본 경찰이 와서는 내가 본 것까지 알고 있는 게 신기하면서도 무서웠다.

괜히 이상한 일에 휘말리고 싶진 않지만 그렇다고 거짓말을 할 수도 없었다.

왠지 거짓말을 해도 다 알 것 같은 분위기였다.

"아……, 네. 그런데요?"

나는 조심스레 대답했다.

"혹시 그 택시 어떤 차종인지 그리고 번호판 기억 나세요?"

경찰은 다짜고짜 물어봤다.

"아…… 아니요……. 차종은 기억이 나는데 번호판은 잘 기억이 안 나는 것 같은데요……."

기억이 날 리가 없었다.

술을 그렇게 마시고 집에 와서 자고 밥 먹고 오랜만에 친구를 만났고 머리도 아프고 속도 안 좋고 특별히 쇼크 받은 것도 아닌 일이 어떻게 전부 기억이 나겠는가…….

"아……, 그러시군요. 아……, 이것 참……."

경찰은 난처한 듯이 눈썹을 긁어댔다.

나는 궁금했다.

"저기……, 그런데…… 무슨 일인데 택시를 물어보세요?"

조심스레 질문을 했다.

"아. 오늘 새벽에 청소부 아저씨 한 분이 제보가 왔는데……."

"그런데요?"

"그분이 택시 한 대가 이리저리 지나가는데 도로를 청소하러 봤더니 이상한 핏자국 같은 것이 택시가 지나간 길에 있었다고 하더라고요."

경찰의 이야기를 듣자 바로 생각이 났다.

맞다. 새벽에 나도 본 것 같은 이상한 액체가 피가 아닌가 생각을 했었다.

"어! 아……, 맞아요. 지금 기억이 나는데 저도 본 것 같아요."

경찰은 동그란 눈으로 나를 빤히 쳐다보았다. 그러고는 바로 질문을 했다.

"그럼 차종이 혹시 뭐였나요?"

"아……, 음…… 제가 정확한 차종 이름은 모르겠고요. 회색에 아마 SM 시리즈인 것 같았어요."

경찰은 재빨리 수첩에 받아 적기 시작했다.

"그럼 번호판은요? 번호판은 기억이 조금이라도 나시나요?"

"아……, 그게 번호판의 숫자는 기억이 안 나고요……. 그……, 여수 택시였어요!"

"아……, 그렇군요. 그래도 감사합니다. 조금이라도 말씀해 주셔서요."

"네. 아닙니다."

간단하게 대답을 하고 인사를 하려는데 문득 생각이 들었다.

어떻게 내 이름을 알고 있는지 그리고 집은 어떻게 찾아왔는지 말이다.

"저기……, 형사님."

"네?"

"그런데 제 이름하고 집은…… 어떻게…… 아셨어요?"

나는 조심스레 질문을 했다.

그러자 경찰은 피식 웃으면서 나를 쳐다보았다.

"어떻게 알았냐고요?"

뭔가 느낌이 이상했다. 싸늘한 기분이 들며 갑자기 심장이 마구 뛰기 시작했다.

"네……, 어떻게…… 알고…… 찾아오셨어요?"

그때 경찰이 자신의 핸드폰을 꺼내서 화면을 몇 번 누르더니 내 눈앞에 가져다 댔다.

"이거 김성찬씨 핸드폰 번호 아닙니까?"

나는 눈 앞의 번호를 유심히 보았다.

"어? 맞는데요……. 왜 제 번호가 있어요?"

경찰은 어이가 없다는 듯한 표정으로 나를 가만히 쳐다봤다.

"아침 6시쯤에 김성찬 씨가 제 폰으로 전화해서 통화한 것 기억 안 나요?"

"무슨 통화요? 저는 기억이 안 나는데요……?"

"아니, 저한테 전화해서 새벽에 청소부 아저씨랑 택시에서 피가 흐르는 거 본 것 같다고 와 달라고 하셨잖아요."

형사는 한심한 듯 쳐다보고는 지갑에서 명함을 꺼내서 나에게 건네줬다.

"일단 좀 쉬시고 생각나는 것 있으면 여기로 연락 주세요."

"아……, 네……."

나는 한동안 멍하니 사라지는 형사의 뒷모습을 바라보았다.

몇 초가 지났을까……. 문득 한 가지가 더 이상했다.

'근데……내가…… 어떻게 저 사람 개인 폰 번호를…… 알지?'

나는 얼른 책상 위에 있는 핸드폰을 켰다. 분명 형사의 말대로라면 내가 걸었던 통화 기록이 있을 것이다.

핸드폰을 켜고 전화 통화 내역을 훑어봤다. 그런데 통화 내역에는 오늘 새벽에 누군가와 통화를 한 내역이 없었다.

'그런데 이건 무슨 번호지……?'

새벽에 찍힌 모르는 번호가 부재중으로 떠 있었다.

'아……!'

어렴풋이 기억이 날 것 같은데 도무지 정확하게 기억이 나지 않았다. 그때였다. 갑자기 초인종이 다시 울렸다.

'또 누구지?'

이제는 초인종 소리만 들어도 무서워질 지경이다.

조심스레 현관문 쪽으로 걸어갔다.

"누구……세요?"

괜히 목소리가 떨렸다. 왜인지 겁이 났다.

"아! 좀 전의 경찰입니다. 잠시 깜박한 게 있어서요."

좀 전의 그 형사의 목소리였다. 의심을 해서인지 왠지 문을 열기가 겁이 났다.

머릿속에서 오만 가지 생각이 났다. 만약 문을 열었을 때 무슨 일이 생기지 않을까? 혹 이상한 질문을 계속하는 것은 아닐까……? 이러지도 저러지도 못하고 있었다.

"김성찬 씨! 안에 계세요?"

재촉하는 목소리에 얼떨결에 문을 열었다.

"아……, 네……. 또 무슨 일이시죠?"

형사는 짜증나는 표정으로 나를 노려보았다. 그러고는 내 손에 있는 핸드폰을 보며 말했다.

"잠깐 핸드폰 좀 볼 수 있을까요?"

당황스러웠다.

"핸드폰은 왜……?"

"아, 제가 받은 전화가 김성찬 씨에게 걸려온 것이 맞는지 잠깐 확인 좀 해볼게요."

대뜸 말하더니 전화기를 뺏어가듯 내 손에서 낚아챘다.

"아……예? 가……갑자기 왜……."

형사는 핸드폰을 몇 번 만져 보더니 다시 내 손에 쥐어줬다.

"아! 맞네요. 확인 감사합니다."

짧은 대화를 마치고 형사는 다시 뒤돌아 나갔다. 뭔가에 홀린 듯한 기분이 들었다.

'뭐지?'

나는 속으로 굉장히 수상하다고 생각이 들었다. 그리고 얼른 대문을 잠갔다. 다시 오지 않았으면 좋겠다고 생각이 들었고 설령 다시 온다고 해도 이번에는 문을 열어주지 않을 거라 다짐했다.

조용히 다시 방으로 들어가 이불 속으로 들어갔다.

심장이 조금 두근거렸다. 뭔가 계속 귀찮지 않은 하루를 보냈으면 좋겠다는 생각이 들었다.

그나저나 애들은 집에 잘 들어갔는지 궁금해졌다.

take 3

'조……정철?'

나는 급히 택배기사 쪽으로 다가갔다.

"저기 방금 뭐라고 하셨어요?"

택배기사는 어리둥절해서는 나를 빤히 쳐다보았다.

"뭐가요?"

"아니 방금 조정철이라는 사람 이름을 부르지 않았어요?"

택배기사는 잠시 아래위로 나를 훑어보았다. 그러고는 재차 물었다.

"네. 그런데 아시는 분이세요?"

알 리가 있나……. 나도 몇 분 전에 처음 들은 이름인데 말이다. 뭔가 머리가 복잡해지는 느낌이 들기 시작했다.

"아니요. 그런데 지금 안 계시나 보죠?"

나는 택배기사에게 능청스럽게 말을 걸고는 들고 있는 택배 상자를 유심히 살펴보았다.

"그……그런가 보네요……."

"그러면 거기 연락처 있지 않나요? 거기로 연락해 보세요!"

택배기사는 내 말에 잠시 쭈뼛쭈뼛하더니 주머니에서 핸드폰을 꺼내어 번호를 누르기 시작했다.

그리고 나는 기사가 누르는 버튼의 번호를 유심히 보고 있었다.

"그런데…… 댁은 누구세요?"

택배기사는 번호를 누르다 말고는 나를 빤히 쳐다보고 물었다. 그것도 굉장히 기분 나쁜 표정으로 말이다.

"아! 저는 경찰이니까 신경 쓰지 마시고 계속 누르던 것 마저 누르세요."

"네? 아……, 네……."

기사는 흠칫 놀라며 번호를 마저 누르기 시작했다.

전화기에 신호가 가고 한참이 지나도 응답이 없었다. 나는 택배기사 옆에서 귀를 바짝 대고는 통화를 들으려 애를 썼다.

"저기요. 경찰 분께서 직접 통화 하실래요?"

기사는 짜증나는 표정으로 쳐다보며 말했다. 내가 너무 얼굴을 바싹 들이밀었나 보다.

그때였다. 거의 신호가 끝날 때쯤에 '딸깍' 거리며 전화를 받는 소리가 휴대폰 너머로 들려왔다.

"여보세요?"

수화기 너머에서 남자의 목소리가 들렸다.

"아! 여보세요? 택배 기사입니다. 택배가 왔는데 안 계셔서 연락 드렸는데요."

택배기사의 전화기에 귀를 바짝 가까이 대어 통화를 들으려고 애를 썼다.

그런 내 행동을 보고는 기사는 잠시 나를 쳐다봤다. 그러고는 수화기를 귀에서 떨어뜨리고는 스피커폰 버튼을 눌렀다.

괜히 멋쩍었다.

나는 손짓으로 계속 통화를 하라고 기사에게 사인을 주었다. 여전히 기사는 내 행동이 못마땅한 듯 찌푸린 얼굴로 나를 힐끔 쳐다보았다.

"조정철 씨 맞으세요?"

수화기 너머에서는 잠시 아무런 소리가 들리지 않았다.

"여보세요?"

기사가 다시 말을 건넸다.

잠시 시간이 흐르고 수화기 너머에서 낮은 목소리로 남자가 말을 했다.

"오늘 가게에 없으니까 가게 옆 골목에 두고 가세요."

"가게 옆 골목이요?"

기사는 두리번거리며 골목을 찾았다.

나는 숨을 죽이며 기사에게 손짓으로 ok 사인을 보냈다.

알았다고 대답하라는 무엇의 시그널이었다.

기사는 나를 더욱 이상한 사람 취급을 하며 얼굴을 찡그렸다.

그러고는 마지못해 말을 이어갔다.

"아……, 네. 알겠습니다. 근데 골목 어디쯤에 두면 될까요?"

기사는 다시 한참을 두리번거렸다.

나는 얼른 기사의 등을 밀며 따라오라는 신호를 보냈다. 그리고는 아까 조사를 하던 골목 쪽으로 발걸음을 옮겼다. 그때 수화기에서 남자의 목소리가 다시 들렸다.

"오른쪽으로 조금 가시면 쓰레기 더미가 있어요. 그 안으로 들어가시면 좁은 골목이 있어요. 그 안쪽에 아무 데나 놓아주세요."

수화기 속 남자는 차분하고 차가운 목소리로 말하고는 끊었다.

통화가 끊어진 전화기를 바라보던 기사는 언짢은 듯 보였다. 나와 기사는 골목 앞에서 안쪽을 바라보았다.

"기사님, 저기 안쪽에 택배상자 놓고 가시면 될 것 같네요."

골목 안쪽에서는 감식반 사람들이 한참 뭔가를 조사하는 듯 보였다.

"아니 저기 경찰들이 저렇게 많은데 물건을 그냥 놔둬도 괜찮아요?"

택배기사는 이상하다는 듯 고개를 갸우뚱거리며 질문을 했다.

"아! 괜찮아요. 다 경찰이니까 특별히 의심하거나 분실 위험은 없습니다."

나는 기사를 안심시키며 말했다. 기사도 이 상황이 어이가 없는지 당황을 했지만 어쨌든 경찰들이 딱히 훔쳐갈 일도 없는 것 같다고 생각을 했는지 성큼 안으로 들어가서 물건을 가만히 벽에 붙여 놓고는 다시 차를 향해 갔다.

"아! 저기요."

차를 향해 가는 기사를 다시 불러 세웠다. 그리고 기사에게 다가갔다.

"좀 전 그 손님 전화번호 저장하고 있어봐요."

"네?"

기사는 의아하게 생각하며 되물었다.

take 1

모텔 방 화장실로 들어가 거울을 보았다. 창백해지고 땀으로 범벅이 된 얼굴을 가만히 바라보았다.

"어째서 이런 거지……?"

도무지 알 수 없는 감정에 휩싸였다. 화장실을 나와 방 안에 놓인 된장찌개를 허겁지겁 먹었다. 그리고는 같이 온 감기약과 진통제를 입에 털어 넣고는 담배 한 대를 피웠다.

"천천히 생각해보자……."

초조함에 손톱을 물어 뜯었다. 목이 자꾸 타는 것 같아 정수기의 물을 벌컥벌컥 마셨다. 그래도 갈증은 계속되는 것 같았다.

알 수 없는 일이었다. 택시 기사를 시작하고 스트레스가 많이 쌓였는지 요 일 년간 가끔 머리가 깨질 듯이 아프고 자고 일어나면 기억을 잃는 순간이 가끔 찾아왔다. 그런데 기억을 잃고 다시 깨어났을 땐 항상 역겨운 일이 일어나곤 했다. 이번이 벌써 10번째다.

"이런 씨……, 도대체 무슨 일이 일어나는 거야……."

기억을 되찾으려 안간힘을 썼다. 잠이 들었다고 생각했던 순간 이전으로 기억을 찾아보려 애를 썼다.

'도저히 기억이 안나…….'

참을 수가 없었다. 가만히 신문지 속의 손목과 핸드폰을 바라보았다.

"제길……, 찾아야 해."

나는 결단을 내려야 했다.

주섬주섬 지갑과 간단한 소지품을 챙기고는 화장실로 들어가 거울을 보고 대충 옷 매무새를 가다듬었다.

조심스럽게 방문을 열고 복도로 나갔다. 카운터로 내려갔다. 그리고 닫혀 있는 카운터 창문을 조심스레 노크했다. 주인 아주머니가 창문을 열고 나를 바라보았다.

"어? 잘 주무셨어요?"

"아……네."

두려웠다. 뭔지 모르는 이 상황이 무서웠다.

"왜? 가시려고요?"

아주머니는 걱정스런 얼굴로 나를 쳐다보았다.

"아……아니요. 저……."

쉽게 말이 나오지 않았다. 한 가지 안심이 되는 것은 바로 아주머니가 전혀 아무것도 모르는 눈치라는 것이었다.

"왜? 하루 더 있으시려고요?"

"아……저……, 혹시 제가 몇 시에 여기에 왔었나요?"

질문을 하고는 아주머니를 보니 나를 이상하게 쳐다보았다.

"글쎄요……, 오전 네다섯 시 정도 된 것 같은데."

오전 네다섯 시라…….

"혹시 제가 무슨 말 안하고 들어갔나요?"

아주머니는 더욱 이상하다는 듯이 나를 쳐다보았다.

"아니 별 말 안 했는데요. 왜요?"

나는 조금 안심이 되었다.

"아, 네. 감사합니다."

나는 인사를 하고 모텔을 나가 주차장으로 가려고 했다. 아무래도 차 안에 뭔가 있을 것 같았다.

그때 등 뒤에서 아주머니의 목소리가 들려왔다.

"근데 같이 왔던 아저씨는 먼저 갔어요?"

흠칫 놀랐다.

'같이 왔던…… 아저씨……?'

take 2

쾅쾅쾅!

딩동딩동

깜짝 놀라 눈을 떴다.

눈을 떠보니 시간이 얼마나 지났는지 모르겠다. 다시 잠이 들어버린 모양이었다.

딩동딩동

밖에서는 초인종이 울렸다. 갑자기 아까 상황이 떠올라서 덜컥 겁이 났다. 그때였다.

"저기요!"

어떤 남자의 목소리가 들려왔다. 나는 잠시 가만히 상황을 판단하려 애썼다.

"저기요! 그릇 찾으러 왔어요!"

그릇⋯⋯?

나는 조심스럽게 현관문으로 가서 구멍으로 밖을 바라보았다.

거기에는 음식가방을 든 남자가 서 있었다. 나는 조심스럽게 문을 열었다.

"네⋯⋯."

문을 열고 기어들어가는 목소리로 대답을 했다.

"그릇 찾으러 왔어요. 다 드셨어요?"

"에? 아⋯⋯, 예."

"다 드셨으면 그릇 좀 밖에 놔두시면 안돼요?"

배달부는 짜증난다는 듯 툭툭 쏘아대며 말했다.

"아. 죄송합니다. 금방 가져다 드릴게요."

나는 얼른 안으로 들어가 다 먹은 그릇을 정리해 다시 가지고 나갔다.

"정말 죄송합니다. 깜빡 잠이 들었나 봐요."

배달원은 쳐다보지도 않고 그릇을 배달가방에 집어 넣으

며 말했다.

"바쁜데 이런 건 좀 알아서 해주세요!"

짜증내는 배달부가 갑자기 짜증나기 시작했다. 아니 손님이 그럴 수도 있지…….

"근데 왜 계속 짜증을 내시나요? 제가 죄송하다고 했잖아요. 일부러 그런 것도 아닌데 너무 심하시네요."

나는 열 받아서 화를 내며 말했다.

그러자 배달부는 나를 빤히 쳐다보며 말했다.

"아, 오늘 동네 왜 이러지? 아까부터 이상하네."

심드렁한 얼굴로 이야기하며 뒤돌아서 가려고 했다. 나는 점점 더 열이 받았다.

"저기요! 말이 심하시네. 뭐 내가 진상이고 여기 동네는 진상밖에 안 산다는 겁니까?"

화가 나서 목소리를 높였다.

그런데 배달원은 내 말을 들었는지 안 들었는지 뒤도 돌아보지 않고 쌩하고 가버렸다.

그렇게 몇 분간 멍하니 배달원의 뒷모습을 바라보다가 집안으로 들어왔다.

가만히 생각해 보니 너무 짜증이 났다. 아까 이상한 경찰 때문에 기분도 안 좋았는데 배달원까지 나를 무시한다고 생각이 들었다. 도저히 참을 수 없었다. 나는 수화기를 들어 음식점으로 전화를 걸었다.

"네, 여보세요?"

수화기에서는 아까 식당 아저씨의 목소리가 들렸다. 부드러운 아저씨의 목소리를 들으니 조금 멋쩍기도 했다.

그래도 할 말은 해야겠다.

"아. 안녕하세요. 아까 배달 시킨 삼익빌라 학생인데요."

"어! 학생이구나? 그런데 왜?"

아저씨는 아무것도 모를 텐데 괜히 전화했나 싶었다.

"아……, 저기 배달원이 그릇을 찾으러 왔는데 너무 매너가 없어서요……."

수화기 너머의 아저씨는 조금 당황한 듯했다.

"아. 그렇구나. 미안해요. 오늘 혼자서 너무 정신 없이 바쁘게 일을 해서 예민했나 봐. 내가 돌아오면 단단히 교육 시킬게. 그런데 그 녀석이 어떻게 했길래 기분이 나빴을까……?"

아저씨의 미안함이 묻어나는 목소리를 들으니 화가 조금 가라앉은 기분이 들었다.

"아. 아니에요. 그냥 좀 큰 소리로 저에게 그릇 갖다 달라고 해서요……. 괜찮습니다."

"아이고! 미안해. 내가 다음에 서비스도 좀 더 챙겨줄게, 학생."

아저씨의 사과를 들으니 예민해졌던 나도 좀 미안해졌다.

"아, 네. 감사합니다. 그럼 끊을게요."

"그래. 이해해줘서 고마워."

나는 전화를 끊었다. 그래 오늘 기분이 안 좋아서 나도 더 예민하게 받아들인 거라고 생각했다.

'……그런데…… 오늘 배달원이 혼자라고?'

문득 아까 배달 온 정수가 생각이 났다.

"어! 뭐지……?"

take 1

같이 왔던 아저씨가 있다는 이야기에 너무 놀랐다.

누군가 분명 나와 같이 있었다. 그렇구나.

나는 다시 카운터로 돌아와 조심스럽게 아주머니에게 물었다.

"저기……, 제가 어제 술을 좀 많이 먹어서 기억이 안 나는데 혹시 그 아저씨가 어떻게 생겼어요?"

물어보면서도 스스로가 이상하다고 느꼈다. 같이 왔는데 기억이 없다면 혹시 이상하게 뭔가로 오해하거나 의심하지 않을까 하는 걱정이 들었다.

그런데 아주머니는 태연히 말했다.

"안 그래도 술 너무 마신 것 같더라! 아주 업혀왔어요."

이게 무슨 말인가. 내가 업혀서 여기를 들어왔다고?

아주머니는 말을 이어 갔다.

"그냥 평범하게 생겼어. 몸집은 좀 크고 사투리 쓰는 것 같던데. 아! 그리고 고기 냄새 엄청 나더라. 어제 무슨 고기 드셨어요?"

아주머니의 말을 듣자 마자 알았다.

"아……, 네. 감사합니다. 제가 너무 취해서 그 친구가 업고 여기 재웠나 봐요. 감사합니다."

나는 재빨리 택시가 주차되어 있는 곳으로 달려나갔다.

'또 그 새낀가……, 이런 쌍…….'

분노와 허탈감과 여러 가지 복합적인 감정이 물밀 듯이 밀려들어 왔다.

'개새끼…….'

계속 욕이 나왔다. 다급하게 택시의 문을 열고 확인을 했다. 뭔가 이상한 것이 있는지 재빨리 확인을 했다. 혹시 이상한 뭔가가 있어서 다른 사람이 봤다면 큰 낭패이다.

다행히 좌석에는 아무것도 없었다. 트렁크를 열어봤다.

"씨……X!"

나왔구나.

미쳐버릴 것 같았다. 다시 트렁크를 닫고 주저 앉았다.

take 3

택배기사에게 확답을 받고서 다시 골목으로 돌아왔다.

황당해하던 택배기사에게 조정철이라는 남자의 전화번호를 저장하게 하고 다시 전화가 걸려오는 일이 있으면 바로 알려 달라고 부탁을 했다. 그 남자를 만나봐야 한다는 생각이 강하게 들었다.

그때 강 형사의 목소리가 들렸다.

"임 형사님! 여기 지구대 순경 왔습니다."

뒤를 돌아보니 강 형사와 순경 한 명이 서있었다.

"충성."

순경은 얼떨떨한 표정으로 인사를 했다.

"아! 자네 새벽에 여기에서 순찰하고 지키고 있었어?"

나는 순경의 이름표를 흘끗 보았다. 순경은 긴장하고 있는 것 같았다. 그도 그럴 것이 감식반에 형사들에 정신이 없어 보였기 때문이다.

"아, 네."

"그런데 왜 끝까지 안 지키고 자리를 떴나?"

"저……, 어떤 형사 분이 자기가 임강철 형사님 팀원이라고 하고 여기 있겠다고 다른 주변 순찰을 좀 부탁한다고 해서 요……."

뭔가 일이 잘못 돌아간다고 느꼈는지 잔뜩 긴장을 한 것 같았다.

"아니 뭐 잘못을 따지려고 부른 건 아니고……. 그러면 그 형사 인상착의나 뭐 정보 같은 건 없었나?"

순경은 잠시 생각을 하다가 대답을 했다.

"아주 정확히는 잘 모르겠지만 경찰 신분증을 확인했고요……. 그리고 그분 자동차 넘버를 기록해 두었습니다."

순경은 뒷주머니에서 수첩을 꺼내더니 내밀었다.

"그리고 덩치는 좀 컸고요 키는 한 180cm 정도로 보였습니다."

순경이 건네 준 수첩에 적힌 자동차 번호를 보았다. 나는 수첩을 강 형사에게 건네주었다.

"강 형사 이거 번호판 조회해서 알려줘."

강 형사는 옆에서 순경을 살짝 째려보면서 말했다.

"야, 씨. 그렇게 간단하게 믿으면 어떡하냐?"

강 형사는 순경을 원망하는 듯 한 마디를 내뱉고는 휴대폰으로 서에 통화를 했다.

순경은 민망한 듯 머리를 긁적였다.

"죄송합니다."

나는 순경의 어깨를 토닥이며 말했다.

"괜찮아. 그런데 골목에 드럼통 같은 거 혹시 누가 가져가
는 사람 못 봤어?"

"아……, 저, 그런 거는 제가 있을 때까지는 못 봤는데요."

"그래, 알았어. 그럼 순찰하면서 다른 건 뭐 본 거 없어?"

"네……, 이상 없었습니다."

딱히 뭐가 나올 것 같지 않았다.

"그래, 그럼 가봐."

순경은 쭈뼛거리며 인사를 하고 돌아갔다.

그 때 강 형사의 목소리가 들렸다.

"임 형사님! 차 조회 했는데……. 차주가 여잔데요."

뭔가 잘못 돌아가고 있는 느낌이었다. 나는 얼른 감식반을
향해 소리쳤다.

"저기 팀장님! 정리하시고 혹시 뭐 나오면 연락 부탁드립
니다."

그리고 강 형사에게 손짓을 하고 차에 올라탔다. 뒤따라
강 형사도 차에 탔다.

"차주 집으로 가봐."

나는 강 형사에게 말하고 담배를 물었다.

그런데 강 형사는 난처한 듯 나를 쳐다보며 말했다.

"저……, 근데 차주 주소가 서울로 되어 있는데요……. 어떻게 할까요?"

'서울……?'

아……씨 골치 아프네. 그냥 장난전화로 여기고 싶었다.

take 2

주섬주섬 옷을 챙겨 입었다. 분명 아까 오랜만에 만난 친구 정수가 음식을 배달해 줬는데 이게 무슨 일인지 알 수가 없었다.

얼른 키를 들고 현관문을 열고 나왔다.

어느덧 해가 조금씩 저물어 가고 있었다. 다시 밤이 찾아오고 있었다.

나는 슬리퍼를 끌고 음식점으로 향했다.

머릿속이 복잡했다. 어제부터 지금까지 이상한 기분의 날이 연속되고 있다고 느껴졌다.

음식점은 고작 300m 밖에 되지 않았다. 바로 문을 열고 들어갔다.

가게에는 벌써 손님들이 제법 있었다.

"어서 오세요."

아까 전화 통화한 아저씨 목소리였다. 배달을 자주 시켜서 그런지 목소리는 익숙한데 얼굴은 처음 보는 것 같았다.

"안녕하세요. 저 아까 배달시켰던 삼익빌라 학생인데요."

아저씨는 깜짝 놀라며 말했다.

"아이구! 미안해. 근데 어떻게 왔어? 아까 전화 다 한 줄 알았는데……."

아저씨는 멋쩍은 듯 불안한 눈빛으로 나를 보았다.

"아……, 그게 뭐 좀 여쭤보려고요."

아저씨는 의아한 듯 고개를 갸우뚱거렸다.

"저기 아저씨, 혹시 오늘 여기 이정수라는 배달원이 일했나요?"

나는 조심스럽게 물어봤다. 그러자 아저씨는 더욱 고개를 갸우뚱거리며 말했다.

"이정수? 그런 친구는 없는데……."

그 때 주방에서 슬리퍼를 불량하게 질질 끌면서 껌을 씹으며 아까 그릇을 찾으러 온 배달부가 나왔다. 그러면서 나를 빤히 바라보며 말했다.

"이정수? 그게 누군데요?"

내가 묻고 싶은 말이었다. 나는 용기를 내 다시 물어봤다.

"아까 제가 배달 시킬 때 왔었거든요. 근데 걔가 제 고등학교 동창이에요. 진짜 우연히 오랜만에 만났는데 여기서 얼마 전부터 배달한다고 하더라고요……. 진짜 없어요?"

가게 아저씨는 배달원을 한번 쳐다보고는 나를 바라보며
말했다.

"오늘은 저 친구하고 나하고 두 명만 일하는데. 그리고 다
른 요일에는 아주머니 한 분이 같이 일하고."

나는 갑자기 도깨비에 홀린 것 같은 느낌이 들었다. 잠깐
시간여행을 했나 하고 생각이 들 정도였다.

그때 불량한 배달원이 말했다.

"아! 아까 제가 배달 갔는데 그쪽 집 앞에서 어떤 남자가
경찰이라면서 잠깐만 자기가 대신 배달을 하겠다고 했는데
요."

그러자 가게 아저씨는 어이없다는 듯이 배달원을 보며 말
했다.

"야! 그걸 그렇게 배달하면 어떻게 하나!"

"아, 그럼 어떻게 해요! 신분증 보여주고 사정하면서 수사
라고 도와 달라고 하는데요……."

아저씨는 배달원을 나무랐다.

"그래도. 그럼 갔다 와서 나한테 말해야지!"

두 사람의 대화를 듣고 있으니 더욱 더 혼란스럽고 정신이
없었다.

문득 아까 전화가 없다는 정수의 말이 떠올랐다. 그래. 요

즘 전화가 없을 리가 없는데…….

그리고 오랜만에 우연히 만난 동창이 경찰이라고? 근데 왜 나를……. 왜, 어떻게 우리 집에 수사를 한다고 배달을 했을까 궁금해졌다.

그러고 보니 내 전화 번호를 알려줬는데 혹시 전화가 오지 않을까 생각했다. 얼른 핸드폰을 꺼내봤다. 아직 아무데도 연락이 온 곳이 없었다.

나는 두 사람의 대화에 끼어들어 재빨리 말했다.

"아. 저기 알겠습니다. 감사합니다. 근데 혹시 어디 경찰서였는지 신분증에 안 써 있었어요?"

배달부는 고개를 가만히 들더니 잠깐 생각을 하다가 말했다.

"근데 여기 경찰서나 파출소는 아닌 것 같던데요. 경찰서 이름이 잘 기억이 안 나요."

나는 낙담했다. 뭔가를 기대한 건 아니었지만 궁금증을 풀 실마리가 없다는 것이 아쉬웠다.

"네. 알겠습니다. 감사합니다."

나는 돌아서서 가게를 나가려 했다.

"만약 한번 더 만나면 그쪽한테 연락해 줄게요."

그다지 무례한 배달원은 아닌가 보다. 등 뒤에서 들리는 배달부의 이야기가 왠지 따뜻하게 들렸다.

take 1

잠시 생각에 빠졌다. 아주 찰나의 순간인 것 같았다. 기억을 잃어버린 시점이 말이다.

얼른 일어나서 모텔 입구로 다시 들어갔다. 카운터를 지나 엘리베이터로 가려는데 주인아줌마의 목소리가 들렸다.

"저기요!"

나는 순간 흠칫 놀라 뒤를 돌아봤다. 혹시나 cctv로 주차장에서의 내 행동을 본건 아닐까 하는 생각이 들었다.

"저기 잘 기억이 안 나서 모를 텐데 어제 같이 온 아저씨가 일주일 치 요금 내고 갔어요. 좀 더 있어도 괜찮아요."

나는 한 번 더 놀랐다. 일주일······.

2장

알 수 없는 기억의 시작

take 3

"서울이라고?"

한숨만 나왔다.

"네……, 가야……되나요?"

안 가도 된다. 사실 그렇긴 하다. 아직 사건이 나온 것도 아니고 무턱대고 전화상의 내용으로 파악이 안 되는 상황을 증거나 아무 단서도 없이 무작정 서울로 올라가서 조사를 하는 것은 따로 지침서가 있질 않다. 서류상으로는 그렇다. 그런데 만약 뭔가 잘못되면 그 책임은 고스란히 경찰이 짊어져야 한다. 그러면 실적이 안 좋은 내가 가장 먼저 타깃이 될 것이 뻔하다.

"내가 서울에 갈 테니까 너는 아까 택배기사가 건 조정철이라는 사람 전화번호 추적해서 서에서 기다리고 있어."

"아……, 혼자 괜찮으세요?"

"아니. 안 괜찮지. 너 같으면 전화 제보 하나로 아무 단서도 없이 서울까지 가고 싶겠냐?"

강 형사는 멋쩍은 듯 머리를 긁적이며 말을 못하고 핸들만 바라보고 있었다.

나는 핸드폰을 꺼내 딸에게 전화를 걸었다.

"딸! 아빤데 며칠 집에 못 들어 갈 것 같아……. 미안……."

수화기 너머로 천둥소리가 들려왔다. 강 형사는 걱정스러운 얼굴로 나를 바라보고 있는 것 같았다. 그 시선이 전부 고스란히 느껴졌다.

내 딸은 학생이 아니다. 엄밀히 말하자면 대학을 졸업하고 회사를 다니는 직장인이다.

머리가 좋아서 그런지 운이 좋아서 그런지 졸업을 하자마자 취업이 됐다.

내가 왜 딸에게 쩔쩔매는지 이유는 간단하다. 너무 미안해서이다. 딸아이의 엄마와는 십 년도 훨씬 전에 이혼을 했다. 그리고 혼자 아이를 키웠다. 아니 거의 혼자 큰 거나 다름이 없었다. 어쩌면 딸아이가 나를 키운 건지도 모르겠다.

벌써 스물네 살인 딸이 얼른 결혼이라도 하면 이런 잔소리나 미안함, 걱정이 좀 덜할지도 모르겠다.

"아……, 알았어. 미안 미안. 그러면 잠깐 서에서 보자."

나는 얼른 전화를 끊었다. 고갯짓으로 강 형사에게 말했다.

늘 그렇듯 강 형사는 말 없이 경찰서로 핸들을 돌렸다.

"근데 임 형사님은 아직 젊으신데 재혼은 안 하세요?"

딸아이와 통화를 하고 나면 늘 하는 강 형사의 레퍼토리이다.

"또! 네가 내 형이야?"

"아……, 아니요. 매번 그렇게 혼나시니까 걱정이 돼서요."

맞는 말이다. 거의 매번 집에서 딸아이에게 혼나고 있다. 아이를 일찍 가져서 아이와 나는 스무 살 차이밖에 나질 않는다. 그래도 매번 엄마 같은 딸아이가 조금은 무섭다.

2,30분 정도를 달려 서에 도착을 했다. 팀장님에게는 차에서 전화로 알렸으니 출장 허락을 맡은 셈이다.

딸깍.

부서에 문을 열고 들어가니 딸아이가 소파에 앉아서 나머지 동료들과 수다를 떨고 있었다. 아주 짜증나지만 몇몇 후배들은 내 딸을 좋아하고 있는 눈치이다. 엄마를 닮았는지 키도 크고 학생 때는 모델 일을 했었다.

"아빠! 또 안 들어 온다고?"

할 말이 없다.

내가 들어오자 후배들과 동료들은 다시 눈치를 보며 제자리로 돌아가 일을 했다. 수다 떨고 놀 때는 언제고 잔소리가 시작되면 다들 눈치를 보며 슬슬 피하는 모습이다.

"이번에는 잠깐이니까 금방 올게."

흘끗 팀장님을 봤는데 눈을 피한다……. 짜증난다.

"그럼 나도 여행 간다!"

"어디로?"

"회사에서 워크샵."

"그러니까 어디로?"

"서울로. 그러니까 아빠 나랑 서울까지 같이 가자."

"어……? 어……, 그래."

딸아이는 내 팔짱을 끼고 동료들에게 인사를 했다.

"저희 다녀올게요."

강 형사가 딸아이를 보더니 긴장하며 말한다.

"잘 다녀오세요. 임 형사님하고 연수씨는 제가 언제나 서
포트를 하겠습니다."

"네. 감사합니다, 강 오빠!"

뭐 하는 상황인지 감이 안 잡힌다. 둘이 사귀나?

솔직히 강 형사라면 괜찮은 것 같다. 듬직하고 말수도 적
으며 침착한 점이 맘에 든다. 더욱이 5년 동안 나와 파트너
를 하면서 내 모든 습관과 취향을 알고 있어 편하다. 그래도
경찰 사위는 좀 싫다.

take 1

아주머니의 말에 돌아보지 않고 고개를 끄덕였다. 그러고
는 얼른 내려온 엘리베이터를 타고 방으로 올라갔다.

'또 일주일…….'

더욱 더 미쳐버릴 것 같은 기분이 온몸을 휘감고 머리에 소용돌이쳤다.

"이 새끼 뭐 하는 짓이지……."

혼자서 중얼거리며 방문 앞에 도착을 했다. 문득 방문을 열면 이상하고 비릿한 피 냄새가 날까 걱정이 됐다.

조심스레 모텔 방문을 열었다. 냄새는 그리 많이 나지 않는 것 같다. 방 안에 들어와 신문지에 놓인 핸드폰과 손목을 다시 조심스럽게 배낭 안에 넣었다.

그 밖의 다른 물건들은 없는 것으로 보이는 배낭을 조심스럽게 화장실로 가져갔다.

냄새를 맡아보고 혹시 곁에 피가 있는지 확인했지만 다행히 피가 묻어 있지는 않았다.

나는 거울을 보고 가만히 생각을 했다. 이대로는 정말 안 되겠다 싶었다.

'경찰서에 갈까……, 정신병원에 가야 하나…….'

겁이 났지만 어쩔 도리가 없어 보였다. 그런데 그보다 내 이야기를 누가 믿어줄까 라는 의심이 들었다.

그렇다. 내가 기억을 잃기 전에는 아주 평범한 하루였다. 그런데 기억을 잃고 난 후에는 항상 시체가 내 곁에 있었다. 이번에도 차 트렁크에 여전히 있었다.

그리고 아무리 기억을 찾으려고 노력을 해도 머리만 아플

뿐 아무런 단서도 떠오르지 않는다.

더 중요한 것은 내가 기억을 잃었다고 하는 그 시간에 나는 항상 그놈과 함께 있었다. 아니 같이 있었다고 사람들이 말한다. 보통 깨어나면 일주일 간은 그놈이 나타난다. 이번에도 역시 그런 것 같다.

거울 속 얼굴은 말이 아니었다. 지칠 대로 지친 얼굴이다.

이렇게 계속 살 수는 없었다. 알아야겠다고 생각이 들었다. 이 생활을 끝내고 싶었다.

나는 화장실에서 나와 가방을 챙겨 모텔 방을 나왔다. 다시 카운터로 내려갔다.

카운터 창문을 두드렸다.

"저기요. 아주머니."

"왜요. 그냥 가시게요?"

아주머니는 카운터 창문을 열고 말했다.

"아니요. 혹시 여기 저와 같이 온 남자가 다시 오면 저에게 연락 좀 해주시겠어요?"

"아, 네. 그렇게 할게요."

아주머니는 여전히 의아하다는 표정으로 답했다.

"아……, 그리고 저는 일주일간 머무를 거니까 방은 청소 안 해주셔도 괜찮습니다. 금방 다시 올 거예요."

나는 아주머니의 대답을 듣지도 않고 재빨리 내 택시로

향했다.

배낭은 조수석 아래에 놓고 시동을 켰다. 그리고 빠르게 도로로 나가 달렸다.

벌써 어둑한 저녁이 찾아왔다.

'이번에는 꼭 알아내고 끝을 보자…….'

take 3

도착한 서울에서 나는 딸아이와 헤어졌다. 오랜만에 서울에 올라왔다.

"많이 변한 건가……?"

벌써 6년 전에 떠나온 서울이었다. 바쁘다는 핑계로 한 번도 와보지 않았다.

먼저 강 형사가 알려준 차주의 집으로 가보려 했다. 하지만 너무 늦은 밤이라 먼저 숙소를 잡기로 했다.

"가만있어 보자……."

호텔에서 자기는 비싸고 그렇다고 특별히 아는 지인도 없고 해서 모텔에서 잘까 생각했다. 그 때 문득 선배 한 명이 생각났다.

얼른 핸드폰을 꺼내 문자를 보냈다. 그런데 보내고 나니 너무 늦은 시간에 문자를 보냈다고 생각했다. 너무 반갑게 생각이 나서 나도 모르게 생각 없이 보내 버렸다.

'아……씨……. 맞다. 선배 남편이 오해하는 거 아닌가…….'

걱정이 됐다.

선배는 나보다 한 기수 위의 여자 선배이다. 교육원에서부터 알게 된 선배인데 나이도 한 살 많았다. 워낙 강인한 성격이라 잘 해낼 줄 알았는데 역시 경찰의 업무가 고되고 힘들었는지 몇 년 전에 퇴직을 했다. 젊은 나이였는데 아까웠다. 하지만 어쩌면 잘 된 일인지 모르겠다. 여자로서 힘들 테니 말이다.

나는 담배를 한 대 물고는 주변에 식당이 있는지 살폈다.

벌써 밤 10시가 다 되어가고 있었다.

왠지 모를 낯선 서울의 공기가 온 몸에 퍼지고 기분이 묘했다.

take 2

집으로 돌아와 핸드폰만 만지작거렸다.

전화가 오기를 기다리고 있는데 문득 새벽에 걸려왔던 전화번호가 생각이 났다. 무슨 번호인지 알지 못해서 그냥 무시했는데 지금은 호기심이 일어났다.

'한 번 걸어볼까?'

혹시 잘못 걸려온 전화거나 스팸 전화 같은 거면 좋겠다는 생각이 들었다.

기분도 하루 종일 이상하고 해서 뭔가 두려운 기분에 그런 생각이 든 것 같다.

결심을 하고 전화를 걸었다. 통화음이 가고 한참이 지났다.

'뭐야 아무도 안 받네. 잘못 건 전화인가…….'

막 끊으려는 찰나에 '딸깍'하고 전화를 받는 소리가 들렸다.

"어……, 여보세요?"

나는 용기를 내 말을 했다.

수화기 너머에서 약간 그르렁거리는 소리가 들렸다.

"여……여보……세요?"

순간 두려운 기분이 들었다. 그 때 갑자기 수화기 너머에서 목소리가 들렸다.

"너! 이 새끼……, 무슨 짓을 하고 있는 거야……."

순간 깜짝 놀랐다. 소리치는 수화기 너머의 남자의 목소리가 나를 잡아먹을 듯했다.

"누……구세요?"

나는 다시 침착하게 되물었다.

"기다려. 내가 곧 갈 테니까!"

다시 남자의 목소리가 괴성을 지르듯 들려왔다.

나는 침착하게 말했다.

"아니……. 기다려. 내가 갈 테니까."

나는 수화기를 다급히 껐다.

"후……, 이 새끼가 진짜 피곤하게 만드네……."

나는 옷을 주섬주섬 찾아 입고 한 켠에 놓여있는 가방을 매고 집을 나왔다.

아직…… 정신을 못 차린 것 같았다.

take 3

아담한 기사식당에서 천천히 밥을 먹고 있는데 핸드폰에 메시지가 울렸다.

[오, 어디야? 오랜만에 올라왔네?]

선배에게 연락이 왔다. 나는 반가웠다.

[아! 선배. 지금 혜화동에 있어. 일이 있어서 잠깐 올라왔어.]

내가 메시지를 보내자마자 금방 답장이 왔다.

[어! 내가 금방 갈게. 나 혜화동 살잖아.]

오랜만의 만남이었다.

"이야, 선배 혜화동 살았어? 강남에 살지 않았어?"

선배는 술잔을 들이키고는 몽롱한 눈빛으로 나를 쳐다봤다.

"야! 겁나 비싸. 거기는 반지하도 비싸더라."

다시 술을 한잔 마시며 고개를 절레절레 흔드는 선배의 모습을 보니 안타까운 마음이 들었다.

"근데 남편은 괜찮아? 이 시간에 여기 나와서 술 마셔도 괜찮아?"

나는 이제는 가정주부인 선배가 걱정이 됐다.

선배는 나를 똑바로 한참을 쳐다보았다.

"나 혼자 살아."

무슨 말인지 어리둥절했다. 불과 1년 전만해도 잘 살고 있는 줄 알았는데.

"무슨 말이야?"

"작년에 이혼했어. 안 맞아도 너무 안 맞아서, 하하."

여전히 쾌활했다. 예전 그대로에 나이만 먹은 것 같았다.

"근데 너는 무슨 일인데 서울까지 다 왔냐? 연수는 잘 있고? 기지배 작년에 내가 갔을 때 모델 하겠다고 난리였었는데."

"작년에 여수에 왔었어?"

나는 전혀 모르는 이야기다. 아마 둘만 아는 비밀이 있나 보다.

"응. 너 몰래 데이트 좀 했지. 하하하."

"그래, 좋겠네."

연수는 어릴 적부터 선배를 이모라고 부르고 정말 잘 따랐다. 엄마가 없어 특히 잘 따랐던 것 같다. 그래서 더 미안했는지도 모르겠다. 선배 역시 연수라면 끔찍이 아꼈다. 내가 불쌍해서라고 언젠가 말했던 것 같았다.

"연수 나랑 같이 서울에 올라왔어. 오늘부터 회사 워크샵이라고 거기 갔어."

나는 안주를 몇 개 집어서 선배의 그릇에 놓아주었다.

"진짜! 걔는 왜 말을 안 해? 진짜 서운하다."

"안 그래도 워크샵 끝나고 깜짝 놀래켜 준다고 나보고 서울 온 거 말하지 말라고 하던데."

나는 아무렇지도 않게 딸의 비밀을 폭로해 버렸다.

선배는 어이없다는 듯 나를 쳐다보았다.

"근데, 이렇게 비밀을 말해도 돼? 너는?"

"응. 깜박했어."

선배는 내 말에 피식 웃고는 또 술을 들이켰다.

한참을 그렇게 오랜만에 선배와 만나 이야기를 나눴다. 벌써 시간이 자정을 향해 가고 있었다.

take 1

한참을 달렸다. 야산 중턱까지 차로 올라왔다.

주위는 벌써 깜깜했다. 여름이 다가왔는데도 한기가 느껴졌다.

나는 어느 지점에서 정차를 하고 내렸다. 그리고 주위를 둘러보고는 트렁크를 열었다.

헤드라이트를 끄고 트렁크에서 작은 랜턴을 켰다. 그리고 삽을 들었다.

"젠장……."

미친 듯이 땅을 팠다. 욕이 계속 나왔다. 힘들고 짜증나고 화나고 두려웠다.

나는 어느 정도 땅이 파진 것을 확인하고 삽을 수건으로 닦고 차 트렁크에 다시 넣었다.

그리고 트렁크에서 그것을 꺼냈다.

포대로 잘 쌓여져 있었다. 안쪽은 진공 패킹이 되어 있을 것이 뻔했다.

포대를 벗기고 랜턴으로 비췄다. 역시나 진공패킹이 되어 있었다.

나는 주머니에서 칼을 꺼내 패킹을 잘랐다. 이상한 썩은 냄새가 진동을 했다. 얼른 코를 막고 물체를 꺼내 땅에 던지고 랜턴으로 비춰봤다. 생각보다 끔찍하진 않았다. 복부에 피가 묻어있고 한 손이 잘린 시체가 땅에 누워있다. 이번에는 남자다.

조수석에서 배낭을 들고 와 손목을 꺼냈다. 움켜쥐고 있던 핸드폰을 따로 빼고 손도 같이 시신 옆에 던졌다. 그렇게 늘 하던 대로 정리를 했다.

차로 돌아와 운전석에 앉아 땀을 닦았다. 빼낸 핸드폰을 물끄러미 바라보다가 켜봤다. 다행히 충전이 잘 되어있었다. 나는 번호를 눌러 전화를 걸었다. 신호가 갔다. 잠시 후 전화를 받았다.

"여보세요."

나는 숨죽여 말했다.

"여보세요?"

수화기 너머에 목소리가 들렸다. 나는 심호흡을 하고 말했다.

"너 이 새끼 어디야."

수화기 너머에서 웃음 소리가 들렸다.

"하하하……, 잘 했어?"

"다……했어. 어디야?"

나는 다시 침착하게 물었다.

"나 강원도."

"강원도 어디?"

"내일 모텔로 갈 테니까 기다리고 있어. 주접 떨지 말고. 끊어."

전화가 끊겼다.

정말 화가 치밀어 올랐다. 백미러로 얼굴을 보며 수건으로 목과 얼굴 여기저기를 닦았다.

손목에서 빼낸 핸드폰을 배낭에 넣어두고 다시 시동을 켜고 산을 내려갔다. 이번에는 꼭 끝을 내겠다고 생각을 했다.

한참을 달려 다시 모텔 근처로 돌아왔다. 그리고 편의점에서 청테이프와 소주 2병을 샀다. 다시 모텔 주차장에 주차를 하고 소주와 청테이프 그리고 배낭을 들고 모텔 안으로 들어갔다.

모텔 안은 조용했다. 카운터에는 불이 꺼져 있었다. 다행이다 싶어 조용히 엘리베이터를 타고 방으로 올라갔다.

take 3

선배는 많이 취해 있는 것 같았다.

"선배. 이제 그만 마시고 가자."

"너 근데 어디 잘 데 있어?"

선배는 걱정스러운 듯 나에게 물어봤다.

"나 근처에 모텔에서 자려고."

선배가 내 말을 듣더니 활짝 웃었다.

"야! 내가 좋은 모텔을 아는데 소개 해줄게. 따라와!"

갑자기 일어나더니 가방을 챙겨 밖으로 나갔다. 당황스러웠다.

나는 얼른 계산을 하고 선배를 부축했다.

"야! 오늘은 나를 따라와! 그냥 아무 말 하지 말고 따라와!"

"선배 많이 취했다. 택시 타고 빨리 들어가. 나는 여기서 조금 걸어서 갈게."

나는 택시를 잡고는 선배를 뒷좌석에 태웠다. 그때 선배가 갑자기 나를 끌어 당기면서 나도 자연스럽게 택시에 앉게 되었다.

"야! 너 오늘 안 따라오면 나 앞으로 연수도 안 볼 거야!"

선배는 얼큰하게 취해 있었고 더군다나 성격도 화통해서

진짜 안 따라가면 우리 가족과 인연을 끊을 것 같은 느낌이
었다.

"아, 알았어……."

택시를 타고 10여분 정도를 가니 한 모텔 앞에 도착을 했
다. 돈을 지불하고 택시에서 선배를 부축해 내리는데 어찌나
민망하던지. 내 기억으로는 택시기사가 한번 씩 웃은 것 같
았다.

"아……, 선배. 나 이제 들어갈게. 선배도 빨리 집에 들어
가."

"야!"

나는 선배의 큰 목소리에 깜짝 놀랐다.

"야! 이거 모텔……, 내가 사장이야. 하하하."

순간 장난을 하나 싶었다. 술을 너무 많이 마셔서 그런가
했지만 잠시 후 정말임을 알게 됐다.

나를 끌고 모텔 안쪽으로 들어가고 카운터에 벨을 누르니
불이 켜지고 종업원이 나왔다.

"아! 오셨어요, 사장님!"

'사장……님……?'

나는 어떻게 된 일인지 선배한테 물어봤다.

선배는 씨익 웃으면서 말했다.

"이혼하고 위자료 좀 받아서 대출 끼고 시작했어. 얼마 안

됐어."

사장님이었다니 정말 몰랐다.

"연수는 알고 있어. 하하하."

선배는 키를 하나 가지고 오더니 나에게 쥐어 주었다.

"공짜니까 편하게 있다가 가. 나는 집에 들어간다."

그러고는 선배는 나를 엘리베이터 안으로 밀어 넣고는 4
층을 눌렀다.

그때까지 나는 어리둥절해서 말을 한 마디도 못 했다.

take 2

어딘지 알 것 같았다. 매번 가던 그곳일 것이다.

재빠르게 걸어서 택시를 잡았다.

'오늘은 꽤 힘들 것 같은데…….'

택시 기사에게 목적지를 말하고는 전화기를 잠시 껐다. 완
전한 밤이 되었고 그렇게 몇 분을 달렸을까 서서히 건물들의
불빛이 사라져가고 있었다.

"저기 손님……."

기사가 백미러로 나를 힐끗 쳐다보며 말했다. 나는 대답을
하지 않았다.

"거의 다 왔는데 어디쯤 내려드릴까요?"

주변을 보니 거의 도착한 것 같았다. 나는 손가락으로 앞을 가리키며 말했다.

"저기 슈퍼 앞에 세워주세요."

불이 꺼진 슈퍼 앞에서 택시는 정차를 했고 나는 얼른 가방을 챙겨 내렸다.

택시가 사라지는 모습을 가만히 보다가 서서히 발걸음을 옮겼다. 조그만 마을이라 벌써 분위기는 어둡고 조용했다. 시계를 보니 벌써 11시가 지나고 있었다.

발걸음을 재촉해 마을 위로 걸어 올라갔다.

그렇게 또 몇 분을 걷다가 보니 슈퍼가 나왔다. 나는 슈퍼로 들어갔다.

"안녕하세요."

나지막이 인사를 했다.

"아이고! 총각 왔어?"

주인 아주머니는 반갑게 맞아 주셨다.

"갑자기 이 늦은 시간에 웬일이야?"

아주머니는 반갑고 놀라운 표정으로 말했다. 그도 그럴 것이 나는 늦은 시간에 여기에 잘 오지 않는다.

"아 볼일이 좀 있어서요. 금방 내려갈 거예요."

나는 주섬주섬 소주 몇 병을 챙기고 주머니를 뒤져 남은 담배가 있는지 확인했다.

손에 느껴지는 촉감으로는 담배는 충분해 보였다.

"얼마예요?"

나는 지갑을 꺼내려 했다.

"아이고! 괜찮아 그냥 가져가. 자주 오는 것도 아닌데…….
서비스로 가져가."

아주머니는 멋쩍은 듯 살짝 웃으시고는 소주가 담긴 봉투
를 내게 건네 주었다.

"아. 감사합니다."

나는 소주를 챙겨 슈퍼를 나왔다. 산이 있는 마을이라 그
런지 여름이 다가오는데도 꽤 쌀쌀했다.

그 때 등 뒤에서 아주머니의 목소리가 들렸다.

"아버지께 안부 전해 드리고!"

나는 잠시 돌아보고 고개를 끄덕였다.

이 슈퍼는 아버지에게 월세를 내고 운영을 하고 있었다.
그러니 내게도 이런저런 것들을 공짜로 주며 환심을 사려고
한 것 같았다. 매번…….

요즘에는 땅값이 조금씩 올라서 이 지역 주민들도 많이 걱
정을 하고 있다고 아버지께 언젠가 들은 기억이 있다. 내 일
은 아니니 별 관심은 없지만 말이다.

다시 발걸음을 재촉해서 올라가려던 순간 다시 등 뒤에서

아주머니의 목소리가 들렸다.

"아! 맞다 총각. 아까 형 올라가던 것 같은데……."

'이런 씨…….'

take 3

얼떨결에 키를 쥐고 방에 들어왔다.

"허, 참."

당황스러운 상황을 잠시 뒤로 하고 피로가 몰려와 침대에 누웠다. 옷도 갈아입기가 귀찮았다. 챙겨온 가방에는 간단한 트레이닝복과 청바지 그리고 속옷 몇 개와 티셔츠 하나뿐이다. 이것도 사실 연수가 챙겨준 출장가방이다.

주머니에서 담배를 찾아 누워서 한 모금 깊게 마셨다. 술을 마셔서 그런지 유난히 더 피곤했다. 불도 끄지 않은 채 가만히 천장을 바라보았다.

'언제 모텔 사장이 됐대.'

모텔의 규모를 보니 아주 크진 않아도 4층 규모의 꽤 깔끔한 건물이라 제법 비쌀 것 같았다.

핸드폰을 꺼내 선배에게 문자를 보냈다.

[오늘 고마웠어. 숙소도 고맙고 돌아가기 전에 술 한잔 살

게]

문자를 보내 놓고 무거운 몸을 이끌고 화장실로 들어가
샤워를 했다.

온몸의 피로가 더욱 피부를 타고 들어오는 것 같았다.

머리가 조금씩 어지러워졌다.

take 1

준비를 해야 했다. 얼른 피 묻은 택시 기사 옷을 화장실에
서 세탁했다.

그리고 오늘의 흔적을 지우기 위해 샤워를 했다. 입었던
옷은 역시 세탁을 했다.

내일 저녁쯤이면 다 마를 것 같았다.

트렁크 안에 있던 트레이닝복으로 갈아입고 침대에 앉았
다. 생각이 복잡해졌다.

담배를 한 대 태우고는 불을 껐다. 빨리 자고 싶었다. 하루
가 어떻게 지나갔는지 모르겠다.

아까 먹었던 된장찌개는 방안에 그대로 있었다. 얼른 찌개
를 문밖으로 내놓고 남아있던 감기약을 마저 입안으로 털어
넣었다.

조용히 불을 끄고 침대에 누웠다.

밖에서는 술에 취한 사람의 목소리가 들리는 듯했다. 이 불을 머리까지 올리고 잠을 청했다.

take 3

시끄러운 소리에 잠에서 깼다. 반쯤 감긴 눈으로 베개 옆의 핸드폰을 켜서 시간을 봤다.

아직 주변은 어두웠고 핸드폰 시간은 새벽 4시 30분을 지나가고 있었다.

그리 오래 잠들었던 것 같지는 않았다.

그때 시끄러운 소리 사이로 사이렌 소리가 들렸다. 웅성웅성하는 소리도 들렸다.

'뭐지?'

침대에서 일어나 문 앞으로 걸어갔다.

그 때 갑자기 여자 비명소리가 들렸다.

"아악!"

나는 갑자기 정신이 번쩍 들었다. 곧장 문을 열고 나가서 비상구 계단을 통해 1층으로 내려갔다.

계단을 이용하는 것은 직업병의 일종이다. 위험하거나 뭔가를 직감했을 때 항상 경찰들은 엘리베이터보다는 계단을 이용하는 편이다. 엘리베이터는 밀폐된 공간이다 보니 쉽게 움직이기가 어렵기 때문이다.

서두르지 않고 적당한 걸음으로 주변을 확인하며 계단으로 내려가 1층 비상구 문을 살짝 열어봤다.

"뭐……야, 이거……."

눈 앞에 펼쳐진 장면은 당황스러웠다.

경찰 열 댓 명이 총을 들고 소리를 지르고 있었다. 경찰차가 여기저기 헤드라이트를 모텔 안쪽으로 비추고 있었고 그 조명 가운데 어떤 남자가 여자를 인질로 잡고 있었다.

남자는 소리를 지르고 있었다.

"씨x, 가까이 오면 이 여자 죽어!!"

남자의 외침에 반해 인질인 것 같은 여자는 아무런 소리도 없었다.

총을 든 경찰들은 남자를 안정시키려고 크진 않지만 낮은 목소리로 천천히 말을 했다.

"아저씨, 일단 진정하고 대화로 할 수 있는 부분은 먼저 대화로 잠깐만 해 봅시다."

상황을 보니 남자의 오른손에는 칼이 들려져 있었다. 아주 길지는 않지만 저 정도 길이면 충분히 사람을 죽일 수 있는 길이의 흉기였다.

그때 한 경찰관과 눈이 마주쳤다. 그 경찰은 무척 당황을 했다. 혹시 발견되면 내가 다칠까 봐 아는 척은 하지 못하고 눈빛으로 나에게 들어가라고 소리치고 있었다.

그때였다. 찰나의 순간에 남자가 경찰의 눈빛을 읽은 것인가. 갑자기 내가 있는 쪽으로 뒤를 돌아봤다.

남자가 돌아보면서 팔로 움켜쥔 여자의 얼굴이 살짝 보였다. 그리고 여자는 나와 눈이 마주쳤다.

'어……!'

순식간이었다.

여자의 입에서 다급한 외침이 나왔다.

"강철아! 들어가!"

선배다.

바로 그 순간 남자는 칼로 선배의 목을 찔렀다.

선배는 외마디 비명을 지르고 쓰러졌다.

"어…… 선……배……."

희미하게 소리가 목구멍을 타고 나왔다.

take 2

발걸음을 재촉해서 올라갔다.

"개새끼가…… 죽으려고 환장을 했구나."

가방을 뒤적여서 약을 꺼냈다. 한 병의 소주에 뚜껑을 따고 약 봉지를 찢어서 탔다.

다시 뚜껑을 닫고 소주의 겉 포장지 모서리 부분을 티가 나지 않게 살짝 찢었다.

그렇게 걷다 보니 앞에 철조망 문이 보였다. 산으로 올라가는 입구이다.

이제 다 왔다.

take 1

'젠장…….'

이러다간 아무것도 못해보고 끝날지도 모르겠다. 그놈이 올 때까지 기다리려고 했는데 모든 게 엉망이 되어 버렸다.

그러려고 그런 건 아닌데 얼떨결에 여자를 찔러버렸다. 너무 당황스러웠다.

잠이 들기 힘들어 이리저리 뒤척이다가 새벽녘에 바람을 쐬러 잠깐 나왔다가 그만 주체를 할 수 없었다. 일을 치르고 피를 보고 나면 좀처럼 잠을 이룰 수 없는 극한의 무언가가 기분을 우울하게 누른다. 마침 모텔 앞 낮은 계단에 아주머니가 잠에 취해 앉아 있었고 그놈의 악마 같은 성욕이 슬그머니 나왔다.

"저기요……."

대답이 없었다.

"저……기요."

조금 더 큰 소리로 불렀지만 아무런 대답이 없었다.

주위는 깜깜했고 사람들도 없는 것 같았다. 악마 같은 그놈이 확 나와버렸다.

오후에 봤던 아주머니는 사실 상당한 미인이라고 생각했다. 나보다 연배는 있어 보였지만 숨길 수 없는 매력이 있는 것 같았다.

나는 가까이 다가갔다. 술 냄새가 진동하는 것을 보니 어디에서 술을 많이 먹고 취해서 계단에서 잠이 든 것 같았다.

조금 흔들어 보았다. 하지만 아무런 움직임도 없었다.

나는 아주머니를 부축해 엘리베이터로 발걸음을 옮겼다.

그때,

"누……구야……."

눈을 뜨고 나를 바라보고 있었다.

엘리베이터에 거의 들어왔는데 문이 닫히기 전에 눈을 떠버렸다.

나는 당황해서 아무 말도 못 했다.

"……."

그냥 쳐다만 봤다.

그러고는 바로 일이 터졌다. 소리를 지른 것이다.

이 행동으로 인해 뭔가 상황이 어수선해지면 나는 두 배로 혼란스러워질 것 같았다.

첫 번째로 신고가 되면 나는 경찰서에 갈 것이다. 내 차부터 시작해서 모든 것을 조사하고 뒤질 것이다.

두 번째로 나는 그 놈을 만나지 못할 것이다. 시간도 얼마 남지 않았는데 고작 더러운 이 성욕 때문에 아무것도 해결하지 못할 것 같았다.

나는 당황스럽지만 침착하게 말했다.

"저기……, 그런 게 아니고요……."

"아니! 뭐가 그런 게 아닌데요?"

재빠르게 벗어난 여자는 주머니에서 핸드폰을 꺼내 어디론가 전화를 거는 것 같았다.

한동안 엘리베이터 안에서 멍하니 바라보고 있었다.

왜 그랬는지 모르겠다. 그냥 이 상황에 직면한 사람이 내가 아닌 것 같고 기분이 슬슬 언짢아지기 시작했다.

여자가 핸드폰을 내려놓는 순간 문득 정신이 들었다.

이제 끝난 건가…….

나는 정신을 차리고 아주머니에게 다가가 주먹으로 사정

없이 얼굴을 치기 시작했다.

피가 터지고 그 피를 보고 다시 이성을 잃었다.

여자는 쓰러져서 소리를 지르고 있었다. 이 상황이 마치 내가 아닌 다른 누군가의 모습을 옆에서 지켜보는 듯한 느낌을 받았다. 유체이탈이라도 한 것 마냥……

"제발 조용히 해요."

나는 입으로는 애원하듯 말하고 행동은 강압적이었다.

나도 왜 그랬는지 모르겠다. 그냥 이 상황이 지워졌으면 좋겠다고 생각을 했나 보다.

그 때였다. 갑자기 눈앞에 밝은 빛이 보이고 사람들의 목소리가 들렸다.

시간이 얼마나 지났는지 모르겠다.

고개를 들었을 때는 여러 명의 경찰들이 내 앞에 거리를 두고 손전등을 비추며 나를 바라보고 있었다.

나도 모르게 주머니에서 칼을 꺼냈다. 왜 그랬을까……

take 3

순식간에 벌어진 일에 너무나 놀랐다.

저 남자도 놀란 것 같았다. 쓰러진 선배를 멍하게 바라보는 놈의 턱을 재빠르게 달려들어 갈겼다.

남자가 쓰러지고 칼이 떨어지자 그제서야 경찰들이 달려들어 덮쳤다.

나는 선배의 목을 보았다. 피가 많이 흐르고 있었다. 나는 침착해야 했다.

"빨리 구급차 불러요! 빨리."

경찰들에게 소리쳤다.

마침 한 순경이 무전을 걸고 있었다.

"금방 도착합니다."

나는 순경의 말을 듣고 다시 선배를 보았다. 눈물도 나오지 않았다. 지금은 선배의 안정과 빨리 병원으로 옮기는 것에만 집중해야 했다.

"선배!"

의식이 있는지 여부만 물었다.

선배는 아무 대답도 하지 않았다. 코와 입에 귀를 가져다댔다.

아직 희미하게 숨을 쉬고 있었다. 약간 갸르릉거리는 소리가 들렸다.

그때 구급대원들이 들어왔다.

"칼에 목이 찔렸으니까 빨리 병원으로 이송해요!"

나는 크고 다급하게 소리쳤다.

그렇게 구급대원들이 사라지고 나는 잠시 숨을 고르며 주저앉아 그놈을 보았다.

수갑이 채워 눕혀져 있던 녀석은 눈을 감고 있었다.

나는 화가 났다.

벌떡 일어나 발로 얼굴을 세게 찼다.

"어! 어……, 그러시면 안 돼요, 아저씨!"

몇몇 경찰들이 나를 말리기 시작했다.

"지랄하네! 뭐가 안돼?"

나는 갑자기 화가 폭발해 소리쳤다. 정신이 돌아온 것 같았다.

take 2

핸드폰 라이트를 켜고 철조망 자물쇠를 열었다.

다시 몇 십 분을 올라가니 컴컴한 앞에 어슴푸레 자동차가 한 대 보이는 것 같았다.

크지 않게 적당한 목소리로 불렀다.

"어이! 뭐해?"

아무런 인기척이 없는 것 같았다.

가만히 차로 다가가 창문 안을 라이트로 비춰봤다.

"야! 나와."

나는 차 문을 열었다.

"야……, 너 이 새끼 진짜 뭐 하는 짓이야?"

형은 울상으로 말했다.

"진정하고 술 한잔하자."

나는 가방을 옆에 벗어 놓고 소주 한 병을 꺼내고 안주거리를 몇 개 꺼냈다.

"뭐냐고, 이 새끼야!"

"그냥 닥치고 내 말 들어!"

나는 형의 말을 가로막고 말을 이어갔다.

"지금 이걸로 먹고 살고 있는 거 몰라?"

나는 작은 컵에 소주를 따라 한 모금 마시고 형에게 따라 주었다.

"형! 잘 들어봐. 형이 먼저 하자고 했잖아."

소주를 한 잔 마신 형은 나를 노려보고 있었다.

"그건 그냥 한 말이고……. 누가 어떤 미친놈이 그걸 진짜로 하냐?"

"형이 했잖아."

나는 형의 등을 토닥였다.

"지랄하지 마! 나는 사람 죽인 적 없어! 없다고!"

나는 울고 있는 형의 어깨를 계속해서 토닥여줬다.

"아니야. 형이 했어. 봐, 형 차 트렁크에 이렇게 지문하고 핏자국 그리고 증거가 넘쳐나는데."

나는 형을 달래 주며 가방 안에서 아까 준비한 약 탄 소주를 슬며시 꺼냈다.

그리고 가만히 소주잔에 약이 섞여 있는 소주를 가득 부었다.

"자. 마셔. 일단 진정하고 잘 들어봐."

내가 건네 주는 술잔을 받아 마시는 것을 눈으로 확인하고 나는 다시 말을 이어갔다.

"그냥 우리는 나쁜 사람들 그리고 우리 돈 떼어먹는 놈들 잡아서 혼내 주는 거야."

나는 계속해서 형의 술잔이 빌 때마다 소주를 채워줬다. 물론 나는 약이 없는 소주를 마셨다.

이게 바로 소주 겉 포장지를 살짝 찢어 놓은 이유였다.

"그게…… 혼내 주는 거냐? 이거는 범죄야……."

나는 짜증이 났다.

"어쨌든 이걸로 대박 났잖아. 너도 택시 한 대 뽑고."

나는 담배를 물고는 가만히 형을 바라보았다.

조금씩 형은 취해가는 것 같았다.

"그래도 사람 고기를 파는 건 아니야……."

나는 벌떡 일어나 형의 뺨을 때렸다.

"이 새끼가! 말 함부로 하네."

형은 휘청거리더니 옆으로 고꾸라졌다. 아직 의식은 희미하게 있는 것 같았다.

"이거 네 아이디어고 네가 죽인 거야. 내가 지금까지 잘 처리해서 너한테 넘겨줬으면 고맙게 생각을 해야지!"

형은 완전히 정신을 잃은 것 같았다.

나는 가방 안에서 주사기를 꺼냈다. 그리고는 형의 팔에 그대로 찔렀다.

내가 마신 소주잔은 그대로 가방에 담았다. 소주병도 같이 가방에 담아 산을 내려왔다.

아직 슈퍼에 불빛이 흐릿하게 켜져 있었다. 문은 닫혀 있었다.

나는 슈퍼의 문을 두드렸다.

take 1

얼마나 두들겨 맞았는지 정신이 없었다. 가까스로 눈을 떠 보니 의사가 나를 바라보고 있었다.

소리가 잘 들리진 않았지만 의사가 누군가와 이야기를 하고 있는 것 같았다.

고개를 살짝 돌려 주위를 둘러보고 싶었지만 목과 머리가 너무 아파서 포기했다.

"진통제를 마지막으로 투여했으니까 한두 시간 후면 조금 괜찮아질 겁니다."

의사가 나를 쳐다보며 말했다. 그러고는 휙 뒤를 돌아 그 대로 발걸음을 옮겼다.

그때 두 명의 경찰이 내 시야에 들어왔다. 그 중 한 경찰이 뚫어지게 나를 바라보며 이야기했다.

"김성균 씨. 정신이 들어요?"

내 이름을 정확히 불렀다.

"네……."

"여기 조금 후에 경찰서에서 형사들 올 거예요. 대화가 가능하면 잠깐 협조 부탁 드립니다."

끝났다…….

욱신거리는 몸을 잠시 움직여 몸을 일으켰다.

팔이 아프고 무엇보다 얼굴이 너무 아팠다. 하지만 아픈 것보다도 이제 모든 것이 끝났다고 생각되니 엄청나게 불안해지기 시작했다. 이대로 끝나버리면 지난 내 기억과 풀리지 않는 오해들을 계속 내가 지고 가야 된다는 생각에 억울하고 답답했다.

미쳐버릴 것 같았다. 거기서 왜 칼로 그 여자를 찔렀는지…….

나는 갑자기 겁이 덜컥 났다. 혹시 택시 안에 어떤 증거들을 경찰이 발견했는지 미친 듯이 궁금해지기 시작했다. 가만히 그리고 멍하니 천장을 바라보고 생각을 해봤다. 나는 경찰에게 조심스레 말을 걸었다.

"저기요……."

"네."

나는 대답을 한 경찰을 잠시 바라보았다.

"말해요, 김성균 씨."

경찰의 표정을 보니 묘한 기분이 들었다. 나는 긴장된 마음으로 질문을 이어갔다.

"혹시 가방……."

"네? 뭐라고요?"

나도 모르게 긴장을 해서인지 너무 작은 소리로 이야기를 한 것 같았다.

"혹시…… 가방 못 보셨어요?"

만약 가방을 찾았다면 거의 증거가 될 만한 무언가를 확보했을 거라고 생각했다.

그런데 뜻밖의 대답이 들렸다.

"가방이요? 무슨 가방이요?"

무슨 일이지…….

"아, 아닙니다."

나는 얼른 말을 얼버무렸다.

"무슨 가방이요? 김성균씨 가방 있어요?"

나는 순간 아차 싶었다. 그리고 한편으론 '이것 봐라…….' 라는 생각이 들었다.

"아! 방을 못 보셨나 여쭤봤어요."

나는 얼른 순간적으로 말을 바꿨다.

"방 봤죠."

경찰은 나를 뚫어지게 바라보고는 대답을 이어갔다.

"조금 있으면 형사들 올 테니까 잘 대답하세요."

그렇게 나는 다시 시트에 천천히 누웠다. 복잡한 생각이 머리를 휘감았다.

몇 분이 지났을까 병실 문이 열리고 세 명의 건장한 사람들이 들어왔다.

"김성균 씨! 괜찮습니까?"

걸걸한 목소리의 남자 하나가 말을 건넸다. 무서웠다. 방금 전 경찰들과는 조금 다른 느낌이었다.

"아……, 네. 괜찮습니다."

나는 식은땀이 흘렀다.

"김성균 씨, 사람을 왜 찔러요?"

다그치듯 남자가 내게 질문을 했다.

"그러게요……. 저도 잘 모르겠어요."

세 명의 남자는 나를 둘러싸고 위에서 나를 내려다 보며 심각한 표정으로 내 몸을 찬찬히 살폈다.

'뭔가 나왔나…….'

나는 심장이 터져버릴 것 같았다. 이대로 교도소로 들어가기는 정말 싫었다.

교도소라는 곳은 가본 적도 없었다. 물론 내가 찌른 여자에게 미안했지만 어쨌든 나는 살고 싶었다.

"다행히 여자 분은 수술하고 회복 중에 있습니다. 그나마 운이 좋은 거요."

'여자가 살아있다고?'

나는 불행 중 다행을 이렇게 체험하나 싶었다. 정말이지 정말 미안했다. 내 어리석은 충동 때문에 끔찍한 일을 당한 그분께 정말 미안하고 또 다행이다 싶었다.

"그리고 김성균 씨 직업이 뭡니까?"

"네?"

"직업이 뭐냐고요?"

"아……, 저…… 택시 기사입니다."

"그래요? 어디 살아요?"

"여수에 살고 있습니다……."

"아니, 그런데 여수에서 여기까지 뭐 타고 어떻게 왔어요?"

남자의 말에 뭔가 망치로 머리를 얻어 맞은 기분이 들었다.

뭘 타고…… 어떻게…… 왔냐고?

take 3

경찰이 경찰서에 앉다니 이게 무슨 일인가…….

정신 없이 미친 듯이 줘 패고는 경찰들의 손에 이끌려 경찰서까지 끌려왔다.

눈물 콧물이 범벅이 된 얼굴은 가관이었다.

몇 분 전에 건네 받은 커피를 홀짝거리며 초조하게 발만 동동 구르고 있었다.

"임강철 형사님?"

누군가 부르는 소리에 반사적으로 자리에 일어났다.

"형사님, 수술은 지금 끝났고 회복 중에 있다고 합니다."

"수술은 잘 된 건가요?"

나는 금방이라도 터질 것처럼 눈을 동그랗게 뜨고는 물었다.

"아……, 정확히는 모르겠는데 회복 중이라니까 잘 되지

140

않았을까 싶습니다."

이런 무책임한 말이 어디 있는지 답답했다. 하지만 형사들도 의사가 아닌지라 이해할 수밖에 없었다.

"저……, 언제쯤 병원에 찾아 갈 수 있는지 알 수 없나요?"

"죄송합니다. 저희도 아직 통보 받은 게 없어서요. 저희도 피해자 조사하러 가야 하는데 아직 모르겠습니다."

나는 다시 소파에 털썩 앉았다. 밀려오는 후회감이 자괴감을 낳고 있는 것 같았다.

왜 그 시간까지 술을 먹었는지 왜 그날 내가 서울로 올라왔는지 모든 게 후회가 되기 시작했다. 이 모든 것이 나 때문인 것 같았다.

담배를 물었다.

그 때 한 경찰이 다가왔다.

"저기 임 경위님."

나는 떨군 고개를 들었다.

"저기……, 괜찮으시면 병원에 같이 가주실 수 있으신가요?"

"어디 병원이요?"

"아. 그 범인 지금 깨어났다고 합니다. 목격자이시고 피해자분과 아는 분이시라고 해서요……."

남자는 미안한지 쭈뼛쭈뼛한 태도로 부탁을 했다.

나는 담배를 길게 한 모금 빨아들이고는 일어났다.

"가시죠."

나는 경찰서 밖으로 터덜터덜 걸어 나갔다.

take 2

슈퍼의 불이 켜졌다. 그리고 발걸음 소리가 들렸다. 잠시
뒤 아주머니가 문을 열었다.

"아이고! 아직 안 돌아갔어?"

아주머니의 걱정스런 목소리. 당신이 걱정해야 할 건 내가
아닌 것 같은데.

"아! 저 뭐 좀 여쭤 보려고요."

"그래 뭔데?"

"아까 제가 가져간 소주 혹시 장부에 적어 놓으셨어요?"

아주머니는 의아한 듯 나를 쳐다보고 장부를 뒤적였다.

"음……, 안 적었는데."

"아, 그러면 혹시 여기 슈퍼 안하고 밖에 cctv있어요?"

나는 태연하게 물어봤다.

아주머니는 이상한 눈으로 나를 쳐다보았다.

"아니……. 없는데."

나는 아주머니의 말이 끝나길 무섭게 주먹으로 아주머니의 안면을 사정없이 갈겼다.

정말 순식간에 쓰러졌다. 그것도 의식도 없이 말이다.

아주머니는 비명 한 번 지르지 못하고 슈퍼 안 바닥에 쓰러졌다.

"아! 씨. 괜히 소주 가져갔네."

나는 가방 안에서 아까의 주사기를 다시 꺼냈다. 그리고 아주머니의 팔에 두세 번 찔러 넣었다.

음료수 냉장고에서 사이다를 하나 꺼내 벌컥 마시고는 가만히 아주머니 옆에 앉았다. 아주머니는 미동도 없었다.

"오지랖은."

가만히 아주머니를 쳐다보다가 다시 일어나서 아주머니를 방안으로 끌고 들어갔다. 방안에 눕혀 놓고는 슈퍼의 열쇠를 찾기 시작했다. 아주머니의 바지 주머니 속에서 열쇠를 찾고서는 다시 가방을 들고 슈퍼 밖으로 나갔다.

"아, 그놈의 오지랖 때문에 피곤하네."

나는 다시 형이 누워 있는 곳으로 발걸음을 재촉했다.

얼마나 들어갔을까 사방이 더욱 깜깜해서 후레쉬를 켰다.

아직도 쓰러져 누워있는 형을 가만히 바라보았다. 그리고는 형의 주머니를 뒤져서 자동차 열쇠를 꺼냈다. 시동을 걸고 형을 들쳐 업고 뒷자리에 밀어 넣었다.

"아, 이, 씨. 진짜 힘드네."

나는 예상치 못한 상황에 짜증이 났다. 슈퍼 아줌마가 형을 봤다는 것이 꺼림칙했다. 지금까지 일을 치르면서 한 명의 목격자도 없이 잘 처리했다고 생각했는데 오늘은 달랐다. 아버지의 산 속에서 형을 보고 나를 봤다면 그것도 이 늦은 시간에. 분명 뒤탈이 생길 것 같았다.

나는 차를 몰고 산을 내려왔다. 철조망 자물쇠를 풀고 다시 내려가 슈퍼 앞에 조용히 차를 멈췄다.

차 트렁크를 열었다. 그리고 슈퍼 안에 들어가서 아주머니를 들쳐 업고 나와 트렁크에 밀어 넣었다.

주변을 둘러보니 아직 아무런 인기척이나 사람은 없는 것 같았다. 슈퍼의 불을 껐다.

얼른 다시 차를 타고 나는 출발을 했다. 형을 뒷자리에 태우고 슈퍼 아줌마를 트렁크에 태우고 그렇게 서서히 고속도로로 진입을 해 점점 밑으로 향했다.

[여수]

향하는 곳은 우리 형제가 태어나고 살았던 고향 여수이다.

take 3

도착한 곳은 종합병원 응급실이었다. 같이 동행한 형사를 따라 안으로 들어가니 조그만 병실 같은 방이 나왔다.

지체 없이 형사가 문을 열었다. 그리고 나에게 손짓을 했다.

"여기입니다."

나는 고개를 꾸벅하며 안으로 들어갔다.

벌써 안에는 다른 형사들 세 명이 범인을 둘러싸고 있었다. 내가 들어가자 일제히 옆으로 조금씩 비켜섰다.

"아, 임 경위님. 좀 전에 막 깨어나서 조사하고 있었습니다."

걸걸한 목소리의 형사 한 명이 말했다.

"아! 그 여자분 모텔 주인 분이신데 경위님 하고 예전에 같이 근무 하시던 선배님이라고요?"

"네."

"아, 죄송합니다. 일이 이렇게 돼서……."

"아닙니다."

"저……, 그날 어떻게 하다 선배님이 거기서 그렇게 되었는지 혹시 아시나요?"

꼭 무슨 취조를 하는 것 같았다. 기분이 조금 언짢았다.

"저도 잘 모릅니다. 방에 누워있다가 소리가 들려서 나왔는데……. 일이 그렇게 되어 있었습니다."

"아. 그러시군요. 저 혹시 따로 질문이 있으시면 이 사람에게 물어보시겠어요?"

형사는 손가락으로 용의자를 가리켰다.

"네, 잠시만 다들 나가주실 수 있으신가요?"

형사들은 가만히 움직여서 방을 하나둘씩 나가기 시작했다.

적막이 흐르고 나는 매섭게 용의자를 노려봤다. 용의자는 힐끔힐끔 나를 쳐다보다가 천장을 바라보다가 하였다. 두려움에 떨고 있는 게 분명했다.

나는 심호흡을 했다. 그리고 조용히 말했다.

"지금부터 나는 당신에게 예의를 갖추지 않을 거야."

용의자는 고개를 끄덕였다.

"다 들었지? 내가 경찰인 거."

"네."

"네가 찌른 사람도 전직 경찰이고 내 선배야."

"네……, 죄송합니다."

"왜 그랬어?"

나는 아주 낮지만 단호한 어조로 질문했다. 화를 가까스로 억누르고 있었다. 기분대로 잘못했다간 금방이라도 입을 닫아 버릴 수도 있기 때문이다.

"죄송합니다. 그럴 생각은 아니었는데……."

"알았으니까 천천히 말해봐. 왜 그랬어?"

용의자는 잠시 우물쭈물 뜸을 들이더니 말했다.

"믿으실지 모르겠지만 말씀 드리자면 조금 깁니다……."

"말해봐."

"아…… 저……, 그러니까……."

조금씩 답답해지기 시작했다. 눈을 질끈 감고는 억누를 수 없는 표정으로 용의자를 다시 쳐다봤다.

"괜찮으니까 말해봐."

조금씩 터져 나오는 이야기에 황당함을 감출 수 없었다.

take 2

한 참을 달렸을까, 아직도 기척이 없는 듯 보였다. 좋은 일이 아닐 수 없다.

"세 달에 한 번 꼴로 해야 되는데……."

세 달에 한 번 꼴로 하면 딱 맞다.

그렇게 몇 시간을 달렸을까 시계는 어느덧 새벽 4시를 훌쩍 넘어가서 거의 5시에 가까워졌다.

주머니에서 핸드폰을 꺼내 번호를 찍어 전화를 걸었다.

신호가 한참을 갔다. 거의 끊어질 듯 할 때 '딸깍'하고 전화를 받는 소리가 들렸다.

"여보세요?"

수화기 너머에서는 말소리가 없었다.

"자기야! 나야."

나는 덤덤하게 말했다.

"자기야? 뭐야 이 시간에?"

"별일은 아니고 생각보다 좀 일찍 배달이 들어갈 것 같아서."

"뭐? 언제 오는데?"

"지금. 지금 가고 있어."

"지금? 왜 갑자기?"

"그냥 그렇게 됐어. 그러니까 이따가 5시 반쯤에 문 열고 나와 있어."

간단히 용건을 말하고 나는 전화를 끊었다.

이번 건은 조금 달랐다. 평소에 전달한 것과는

아침이 밝아 오고 나는 여수 시내 한 정육점 앞에 도착을 했다.

[영수 정육점]

여기가 내 일터이다. 세 달에 한 번씩 말이다.

나는 차에서 내려 정육점 문을 두드렸다. 큰 소리가 나지 않게 조심스럽게 두드렸다.

그때 안에서 문이 열리는 소리가 들렸다. 부스스한 모습에 아리따운 여인. 내가 사랑하는 여인이다. 바로 친구 태형이의 누나 '태연'이다.

"오늘 갑자기 어쩔 수 없었어. 일단 물건부터 옮기자."

태연이는 주변을 둘러보고는 가게 안에서 아주 큰 쌀 포대 자루를 들고 다시 나왔다.

"왜 갑자기 오늘 들고 온 거야?"

태연이는 황당해 하면서도 바쁘게 몸을 움직이기 시작했다.

트렁크를 열고 슈퍼 아줌마를 포대에 집어 넣었다.

"형 만났는데 거기서 이 아줌마가 우리를 봤더라고."

나는 포대 입구를 잘 묶고는 그대로 들고 재빠르게 정육점 안으로 들어갔다.

"이 아줌마가 누군데?"

태연이는 놀란 목소리로 물었다.

"아, 아줌마? 그냥 미친 아줌마야. 신경 쓰지 마."

나는 다시 나와 트렁크를 닫고 차에 탔다.

"일단 이번 것 먼저 처리하고 당분간은 좀 지켜보자."

"이거 잘못되는 거 아니야?"

태연이는 걱정스러운 눈으로 나를 바라보며 말했다.

"걱정 마. 어차피 그 아줌마 아무도 안 찾아. 혼자 살거든. 그리고 이제 우리 많이 벌었으니까 그만하자."

뜻하지 않게 벌어진, 약속시간보다 빠른 배달이었지만 이번이 마지막이다.

어차피 한 달 뒤에 나는 태연이와 한국을 떠날 계획이다.

요즘 자꾸 형이 거슬리기 시작했고 이쯤에서 형을 남겨두고 떠나면 이 모든 기억들은 형이 안고 갈 수밖에 없다.

take 3

"뭐?"

나는 어이가 없었다.

"그걸 나보고 믿으라고? 이 새끼 아주 미친놈이네."

화가 점점 치밀어 오르기 시작했다.

"그러니까 몸이 아파서 잠을 자고 일어나면 며칠 동안 아무 기억이 안 난다?"

"네……, 죄송합니다."

"그러니까 지금 묵비권을 행사하겠다는 그런 말이네?"

"아니요. 그런 게 아니고……."

용의자는 계속 횡설수설하는 것 같았다.

"그럼 뭐야? 왜 몸이 아파? 그리고 왜 여수에서 서울까지 온 거야?"

"저도 잘 모르겠습니다. 그런데 확실히 여주인분 일은 제가 충동적으로 일으킨 일입니다. 정말 죄송합니다."

그때 나는 용의자의 팔에 미세하게 멍이 들어있는 것을 보았다.

"팔 봐."

"네……?"

"팔 내밀어 보라고."

나는 용의자의 팔을 잡아 당겼다. 팔에는 주사 자국이 몇 개 있었다.

"이거 뭐야?"

"네……?"

"이거 뭐냐고? 이거 약 한 거야?"

"아니요. 사실은 기억이 없을 때마다 깨어나면 이렇게 주사 자국이 있었어요."

"거짓말하지 마."

"정말이에요. 저는 아무런 느낌도 없어요. 그냥 머리가 아프고 그런 것 밖에는……."

남자를 천천히 살폈다. 딱히 신체나 얼굴에서 이상한 점을 느낄 수는 없었다. 정신도 멀쩡한 것 같고 더군다나 이렇게 보일 정도의 자국 표시이면 벌써 경찰이나 의사들이 검사를 했을 것이다.

나는 혼란스러웠다.

"다시 한번 기회를 줄 테니까 천천히 생각나는 대로 전부 말해. 그냥 기억이 나는 것들 전부 말하면 돼."

"정말……, 아무 기억도 나지 않아요……."

나는 너무도 답답해서 자리를 박차고 일어났다.

"나중에 다시 올 거야. 그때 너는 끝이라는 것만 알아둬!"

병실 문을 열고 나갔다. 앞에는 형사들이 기다리고 있었다.

일단 서에 전화를 하려고 주머니에서 핸드폰을 찾았다.

'어!'

너무 급하게 나오느라 핸드폰을 방 안에 두고 온 것 같았다. 그 때 형사 한 명이 말을 걸었다.

"일 보셨으면 경찰서로 다시 돌아가시겠습니까?"

"아니요. 모텔로 돌아가겠습니다. 짐도 좀 챙겨야 할 것이 있어서요."

나는 단호하게 이야기하고 병원 밖으로 나갔다. 병원 밖에 서있던 택시를 한 대 잡아타고 다시 모텔로 향했다.

불과 몇 시간 전에 일어난 이 일이 너무나도 괴로웠다. 단순히 차량을 확인해보려고 서울로 온 것뿐인데 이런 일이 생길 줄은 꿈에도 몰랐었다.

벌써 택시 안 시계바늘이 12시를 가리키고 있었다.

그렇게 알 수 없는 감정을 뒤로한 채 숙소로 이동을 했다.

3장

알 수 없는 기억의 추적

take 2

벌써 3년이나 된 이야기다.

내가 군대에 입대하기 전까지 우리 형제는 서로 사이가 꽤 좋았다. 형은 내가 힘들 때마다 나에게 많은 도움을 주었다. 물론 금전적인 부분에서도 큰 도움을 주었다. 그리고 특히 정신적인 부분에서 많은 도움을 받았다. 그런데 모든 것이 바뀌기 시작했다.

바로 3년 전쯤 말이다.

3년 전 처음 그녀를 만났다.

그 여자가 일하는 곳을 우연히 알게 되었다. 그 여자는 고 깃집에서 일을 하고 있었다. 대학교에서 사귄 친구 태형이가 어느 날인가 나에게 와서 자랑을 했다.

"야! 성찬아, 우리 오늘 학교 앞에 고깃집 가서 술 한잔하 자."

"술? 네가 사는 거냐?"

"당연하지! 오늘은 내가 살게."

"오, 갑자기 무슨 일이야?"

태형이는 어깨를 으쓱하더니 따라오라고 손짓을 했다.

"야, 우리 누나가 오늘 학교 앞에 고깃집 오픈했다."

나는 어리둥절했다. 그도 그럴 것이 태형이는 한 번도 나에게 누나가 가게를 오픈한다는 이야기를 한 적이 없었다.

"어? 진짜? 그런데 왜 말을 안 했어?"

"그냥. 괜히 가족이 하는 건데 너네 부담스럽지 않게 하려고. 하하하."

그렇게 우리는 학교 정문을 내려와 고깃집으로 향했다.

가게는 새로 오픈을 해서 그런지 굉장히 깔끔했다. 벌써 몇몇 손님들이 앉아서 고기를 굽고 있었다. 나는 신기해서 여기저기를 둘러보고 있었다.

"누나! 나 친구랑 왔어. 여기 앉을게."

태형이는 손을 흔들며 안쪽 주방을 향해 말을 했다. 나는 태형이의 손에 이끌려 한쪽 귀퉁이 테이블에 자리를 잡고 앉았다. 잠시 앉아서 두리번거리고 메뉴판을 보고 있는데 인기척이 들렸다.

"어! 네가 태형이 친구구나?"

나는 고개를 들어 올려다보았다. 처음 느끼는 감정이었다.

"아……네. 안녕하세요."

"이름이 뭐니?"

누나의 웃는 얼굴에 한눈에 반해버렸다.

"아……네. 김성찬이에요."

"아, 그렇구나. 우리 태형이 잘 부탁하고 앞으로 종종 와서 많이 팔아줘."

그렇게 짧은 인사를 하고는 나와 태형이는 고기와 술을 먹기 시작했다.

음식은 먹고 있었지만 자꾸 눈길이 주방에 있는 누나에게로 쏠렸다.

"야! 뭐야 너. 우리 누나한테 관심 있냐?"

태형이가 실실 웃으며 내 옆구리를 툭 쳤다.

"아…… 아니야."

"아니긴 뭐가 아니야."

"닥치고 술이나 마셔."

그렇게 수줍은 마음을 뒤로 하고 태형이와 나는 부어라 마셔라 술을 마시기 시작했다.

그 후부터 나는 태형이를 졸라 거의 매일 누나의 고깃집을 방문해서 술과 고기를 먹었다.

그런데 언젠가부터 내 수중의 돈이 떨어지기 시작했다. 나는 태형이에게 한 가지 제안을 했다.

"야 혹시 나 너네 누나 가게에서 알바하면 안 돼?"

태형이는 심드렁한 표정으로 나를 빤히 쳐다보았다.

"이 새끼 봐라."

나는 괜히 말을 꺼냈나 싶었다.

"아니다. 나 그냥 군대나 갈랜다."

태형이는 나를 한참 바라보다가 입을 열었다.

"너 군대 언제 가는데?"

"나? 6개월 후에."

"그러면 6개월간 우리 누나네서 일해."

태형이는 선심 쓰듯이 말을 건넸다.

"진짜? 괜찮아?"

나는 뛸 듯이 기뻤다. 만약 일을 한다면 매일 누나를 보고 만날 수 있었기 때문이다.

"어차피 가게 일손이 부족해서 알바 한 명 더 뽑아야 하니까 네가 거기서 일해."

나는 태형이를 얼싸안았다.

"야! 너 우리 누나 좋아하는 거 맞지?"

속마음을 여지없이 들켜버렸다. 그래도 좋았다.

다음날부터 학교가 끝나면 곧장 고깃집으로 달려가 일을 했다.

그렇게 시간이 점점 흘러갔고 가게는 오픈 빨이 떨어졌는지 손님이 하나둘씩 끊기기 시작했다. 장사가 되지 않으니 누나는 많이 지쳐 보였다.

하루는 학교가 끝나고 가게로 향하는데 가게 앞에서 누나가 어떤 남자들에게 둘러싸여 있었다.

연신 고개를 조아리는 모습을 보니 뭔가 좋지 않은 일이 있는 것 같았다. 잠시 가만히 지켜보다가 남자들이 떠나는 모습을 보고 가게로 들어갔다.

"어서 오······."

"누나, 저 왔어요."

"아! 성찬이구나······."

"누나, 아까 아저씨들은 누구예요?"

"어······, 아무것도 아니야. 어서 옷 갈아입고 장사 준비하자."

멋쩍은 듯 피식 웃는 누나의 얼굴에 근심이 가득해 보였다. 너무나 애처로워 보였다.

여지없이 손님들은 오지 않았고 마지막 한 테이블의 손님들이 식사를 마치고 돌아갔다. 손님이 떠난 자리를 청소하고 있는데 누나가 주방에서 고기를 들고 나왔다.

"성찬아. 오늘 손님도 많이 없었는데 괜히 일 시켜서 미안하네······."

누나의 모습에 가슴이 아팠다. 내가 좋아하는 누나의 얼굴이 슬픔으로 가득 차 있는 것 같아서 마음이 답답했다.

"아닙니다. 괜찮아요."

"성찬아, 누나랑 소주 한잔 할래?"

"네······."

누나와 나는 가게 문을 닫고 고기를 구우며 술을 마셨다.

한참을 말 없이 술을 마셨다. 갑자기 누나가 울음을 터트렸다. 나는 무척이나 당황을 했다.

"미안해……, 갑자기 이렇게 울어서."

"아니에요. 그런데 누나 무슨 일 있어요?"

나는 조심스럽게 물었다. 혹시 실례가 되지 않을까 걱정을 했지만 그것보다도 만약 도울 수 있는 일이 있으면 돕고 싶었다.

"사실은……."

누나는 그동안 있었던 일을 하나둘씩 말하기 시작했다.

처음 장사를 시작하고 얼마간은 손님이 꽤 있어서 자금 사정이 괜찮았다. 그런데 시간이 지날수록 점점 매출이 줄어들고 고기를 납품해주는 업체에서 미수금 때문에 납품을 끊어버렸다. 그리고 엎친 데 덮친 격으로 생활고 때문에 여기저기 돈을 빌리기 시작했고 그러다가 사채 빚을 지게 되었다. 오늘 이자를 갚는 날인데 돈을 주지 못해 사채업자들이 돈을 받으러 가게까지 왔다는 것이다.

어느 정도 예상은 했다. 그렇지만 이 정도일 줄은 몰랐었다.

"누나 걱정 마세요. 제가 도와 드릴게요."

순간적으로 도와준다는 말이 입 밖으로 나와 버렸다. 나도 내가 왜 그랬는지 몰랐다. 그냥 그렇게 말하고 싶었나 보다.

누나는 울음을 더 크게 터트렸다.

"아니야……, 미안해. 네가 어떻게 도와……. 내가 너 알바비도 한 달 치 밀려서 못 줬는데."

누나는 소주를 연달아 마셨다.

"아니요. 괜찮아요. 누나 근데 빚이 얼마예요?"

무척이나 궁금했다. 어느 정도 금액 때문에 나의 예쁜 누나가 이렇게 힘들어 하는지가.

"응?"

누나는 갑자기 들었던 술잔을 내려놓고는 어이없다는 듯이 나를 바라보았다.

"너는 몰라도 돼……. 너무 미안한데 그냥 내일부터 안 나와도 괜찮아. 너무 미안하다 성찬아."

"아, 그러지 말고 진짜 얼마예요? 그냥 궁금해서요."

"흑흑……. 5천만 원."

"내가 다음 주까지 갚아 줄게요."

미쳤었다. 술을 너무 많이 마셨는지 왜 그런 말이 나왔는진 잘 모르겠지만 그냥 그렇게 말을 하고 싶었던 것 같았다.

"헛소리하지 말고 술 마셔……."

누나와 나는 그렇게 한동안 말없이 술을 마셨다.

얼마나 시간이 지났을까 눈을 떠보니 집 안 소파에 누워 있는 내 모습을 발견했다. 머리가 깨질 듯이 아프고 속이 울렁거렸다.

"아…… 욱!"

속이 메스꺼워 바로 벌떡 일어나서 화장실로 향했다.

"우웩!"

많은 양의 토사물이 위장을 역류해 변기로 돌진했다. 순식간에 변기가 토사물로 꽉 찼다.

한동안 숨을 쉬기도 힘들 정도로 속이 아팠다. 그러면서 정신이 맑아지기 시작했다.

'어떻게 집에 왔지……?'

집에 어떻게 와서 자고 있는지 기억이 나질 않았다.

화장실을 나와서 다시 소파에 누웠다. 소파 옆에 있던 핸드폰을 켰다. 부재중 전화가 몇 통이 와 있었다.

형의 번호였다.

나는 아픈 머리를 부여잡고 시간을 보았다. 새벽 2시가 조금 넘었다. 아마 가게에서 술을 마시고는 학교 근처 집으로 들어와서 뻗어서 잤던 것 같았다. 정확한 기억이 없다.

그때 핸드폰에 벨이 울렸다. 형이다.

"여보세요?"

"야! 너 이 새끼 무슨 짓이야?"

전화기 너머에서 들려오는 고성에 정신이 번쩍 들었다.

"어? 무슨 일?"

"너 지금 괜찮아?"

형은 다급한 목소리로 말했다. 영문을 알 수 없는 질문에 나 또한 당황을 했다.

"나…… 괜찮은 것 같은데……."

"너 지금 어디야? 집이야?"

"응……. 그런데?"

"거기 가만히 기다려. 형이 금방 갈게."

"형이 왜 와?"

내 질문이 끝나기도 전에 통화가 끊기는 소리가 났다. 나는 갑자기 불안해지기 시작했다. 내가 무슨 짓을 한 건지 갑자기 걱정이 되기 시작했다. 나는 주섬주섬 옷을 입고 방문을 열고 안으로 들어갔다. 그러고는 불을 켰다.

"으악!"

눈 앞에 펼쳐진 광경에 넋을 잃고 말았다.

아저씨 한 명이 내 방 안에 쓰러져 있었다. 그리고 온 사방에 피가 튀어 벽을 새빨갛게 물들이고 있었다. 나는 놀라서 그 자리에 주저 앉고 말았다.

'이게 무슨 일이지……?'

take 1

'어쩌면 이렇게 슬쩍 넘어갈지도 모른다.'

나를 때리던 그 남자가 여수 경찰서에서 온 형사라고 들었다. 왜 여수 형사가 여기에 왔는지 알 길이 없었지만 뭔가 찜찜했다. 그냥 최대한 모른 척을 해볼까 마음을 먹었다. 어차피 내 가방도 못 찾은 것 같고 아직 이렇다 할 뚜렷한 증거가 없어 상황을 알지 못하는 것 같다.

"아…… 저……, 기차를 타고 왔던 것 같습니다."

"기차를 타고 왔던 것 같다는 건 무슨 말인가요? 기차를 탔으면 탄 거지."

긴장이 됐다. 더 이상 말을 늘어 놓으면 뭔가 잡힐 것 같았다.

"아……, 저기 생각이 잘 안 납니다."

"그건 그렇고 김성균 씨 모텔 여주인은 왜 찌른 겁니까?"

"아……, 제가 갑자기 욱해서 저도 모르게 홧김에 그런 것 같습니다."

세 남자들은 서로의 얼굴을 쳐다보며 어이없다는 듯 혀를 찼다.

"조금 있으면 아저씨 때린 남자가 올 거예요. 여수 경찰서 형사니까 혹시 질문 같은 것 하면 최대한 협조해주세요."

"네……? 여기에 온다고요?"

"아니, 당신이 칼로 찌른 사람이 그 형사님 선배 분이에요. 그 여자분도 전직 경찰이었고요. 그러니까 사건이 더 커지기 전에 최대한 협조하라는 겁니다. 뭐 취조하고 그런 건 아니니까."

"아…… 네. 알겠습니다."

젠장, 순간의 충동을 이기지 못해서 일이 꼬일 대로 꼬여 버렸다. 더군다나 그 아줌마가 전직 경찰인 것은 상당히 운이 좋지 않았다. 그리고 지인인 여수 경찰까지 그 자리에 있었다는 것이 최악이었다.

"아! 그리고 퇴원하면 서로 가서 조사할 거니까 일단 조금 쉬고 있어요."

나는 심호흡을 하며 가만히 천장을 바라보았다. 도대체 왜 이런 성격이 갑자기 나와서 이상한 일을 자꾸 만드는 건지 알 수가 없었다. 모든 것은 다 그놈 때문이다. 더욱더 그놈을 잡고 싶었다. 미치도록.

드르륵

문이 열리는 소리에 문 쪽을 바라보았다. 남색 트레이닝복을 입은 남자가 천천히 내 쪽으로 걸어왔다.

형사들과 몇 마디 나눈 남자는 알 수 없는 표정에 분노에 가득 찬 목소리로 나에게 말했다.

"지금부터 나는 당신에게 예의를 갖추지 않을 거야."

나는 고개를 끄덕였다. 한 마디라도 하면 나를 죽일 것 같았다.

"다 들었지? 내가 경찰인 거."

"네."

"네가 찌른 사람도 전직 경찰이고 내 선배야."

"네……, 죄송합니다."

"왜 그랬어?"

말을 잘 해야 했다. 찌른 것까지만 내가 저지른 사건이다. 그놈과 파묻은 시체에 관해서는 일단 말을 하지 않아야 한다. 아직 경찰들도 정확히 모르는 것 같았다.

"죄송합니다. 그럴 생각은 아니었는데……."

"알았으니까 천천히 말해봐. 왜 그랬어?"

여수 경찰은 단호하고 압박하듯 나에게 질문을 했다.

"믿으실 진 모르겠지만 말씀 드리자면 조금 깁니다……."

"말해봐."

"아…… 저……, 그러니까……."

횡설수설하거나 당황하면 안 된다. 나는 조금 뜸을 들이고 생각을 하기 시작했다. 무슨 말을 해야 좋을까.

"괜찮으니까 말해봐."

경찰은 다시 압박하듯 질문을 했다. 표정은 점점 더 일그러지는 것 같이 보였다.

"저……, 기억이 잘 안 나요. 요즘 몸이 자주 아팠는데 아파서 잠을 자고 일어나면 며칠 동안 아무 기억이 안 납니다. 죄송합니다."

"뭐? 그걸 나보고 믿으라고? 이 새끼 아주 미친놈이네?"

나는 경찰의 반응을 보고는 더 이상 말을 하지 않기로 다짐했다. 더 이상 질문을 받으면 압박감에 이상한 헛소리가 튀어나올 것 같았다.

"그러니까 몸이 아파서 잠을 자고 일어나면 며칠 동안 아무 기억이 안 난다?"

"네……, 죄송합니다."

"그러니까 지금 묵비권을 행사하겠다는 그런 말이네?"

"아니요. 그런 게 아니고……."

"그럼 뭐야? 왜 몸이 아파? 그리고 왜 여수에서 서울까지 온 거야?"

"저도 잘 모르겠습니다. 그런데 확실히 여주인 분 일은 제가 충동적으로 일으킨 일입니다. 정말 죄송합니다."

이야기 도중 여수 경찰은 내 몸 구석을 훑기 시작했다.

"팔 봐."

"네……?"

"팔 내밀어 보라고."

내 팔을 잡아 당겼다.

"이거 뭐야?"

"네……?"

"이거 뭐냐고? 이거 약 한 거야?"

"아니요. 사실은 기억이 없을 때마다 깨어나면 이렇게 주사 자국이 있었어요."

"거짓말하지 마."

"정말이에요. 저는 아무런 느낌도 없어요. 그냥 머리가 아프고 그런 것 밖에는……."

정말 주사에 관해서는 나도 몰랐다. 나 또한 답답했다.

"다시 한번 기회를 줄 테니까 천천히 생각나는 대로 전부 말해. 그냥 기억이 나는 것들 전부 말하면 돼."

"정말……, 아무 기억도 나지 않아요……."

형사는 갑자기 자리를 박차고 일어났다.

"나중에 다시 올 거야. 그때 너는 끝이라는 것만 알아둬!"

무섭게 노려보며 형사가 말을 하고는 병실을 나갔다.

형사가 나가고 다시 한번 천장을 쳐다 보았다. 그런데 가방은 분명 모텔 방에 놔둔 것 같고 택시도 주차장에 있었는데 왜 몰랐을까 궁금했다.

그놈이 왔다 간 걸까……? 말끔히 치웠나?

take 3

점심시간이 지났지만 배는 전혀 고프지 않았다. 수술 후 회복 중이라니 빨리 회복이 되었으면 좋겠다는 바램뿐이었다. 그리고 선배에게 저 용의자에 대한 것을 물어보고 싶었다. 어떻게 된 일인 건지 궁금했다.

방에서 옷을 갈아입고 핸드폰을 봤다. 강 형사에게 부재중 전화가 와 있었다. 나는 통화버튼을 눌러 전화를 걸었다.

"여보세요."

"어! 선배님, 괜찮으세요?"

벌써 서울 경찰들이 연락을 한 모양이다.

"응, 나는 별일 없어. 근데 내 선배가 다쳤어."

"예. 말씀 들었습니다. 좀 어떠신가요?"

"지금 수술 끝나고 회복 중에 있다고 하네."

"아……예. 저기 그리고 아까 택배기사한테 연락이 왔었는데요. 그 조정철 씨 관련해서요."

문득 택배기사에게 조정철이란 이름을 저장해 놓으라고 한 이야기가 기억이 났다.

"어…… 어, 그래. 뭔데?"

"아 그 조정철이란 사람 이름이 잘못 표기된 것이라네요. 전산오류로 다른 사람 이름이 잘못 입력이 됐었다고 하네요."

"뭐야? 그럼 원래 이름이 뭔데?"

"아! 이름이…… 잠깐만요."

잠시 전화기에서 시끄러운 소리가 들렸다.

"아! 김성균이라고 하네요."

'야……! 이 새끼 봐라.'

take 2

형이 도착했다. 형은 땀을 뻘뻘 흘리고 있었다. 나는 힘없이 쭈그리고 앉아서 초점을 잃은 눈동자로 형을 올려다보았다.

"형……."

"이게…… 도대체…… 무슨 일이야!"

집 안은 그야말로 난장판이었다. 가슴에 칼을 꽂은 채로 쓰러져 있는 난생 처음 보는 아저씨의 모습에 형과 나는 얼어버렸다.

"정신 차려!"

형의 다그치는 소리에 온몸을 벌벌 떨던 나는 정신이 조금씩 들기 시작했다.

"으……응……."

입이 잘 움직이지 않았다. 그 때 형이 내 따귀를 세게 쳤다.

"정신차리라고!"

"어……어. 형."

얼떨결에 나는 천천히 자리에서 일어났다. 손을 가만히 바라보았다. 피가 양손에 묻어 있었다. 발에도 그리고 다리에도, 팔에도…….

"누구 본 사람 있어?"

형이 낮은 목소리로 물었다.

"모……몰라……."

형은 재빨리 커튼을 닫았다. 그리고 거실과 방 불을 모두 껐다.

숨이 막혀왔다. 울고 싶은데 울음이 나지 않았다.

"일단 어떻게 된 일이야?"

"나도 몰라……. 그런데 형은 어떻게 알고 왔어?"

"네가 나한테 아까 전화했잖아."

어리둥절했다. 분명 내가 기억하는 것은 가게에서 누나와 술을 마신 그것도 아주 많이 마신 것까지이다.

"내가…… 뭐라고 했는데?"

나는 불안한 마음으로 형에게 물었다. 형은 어처구니 없다는 표정으로 얼어붙은 나를 바라보았다.

"사람을 죽였다며. 돈이 필요해서 사람을 죽였다며!"

필름이 끊어진 뒤에 살인을 저질렀다고? 믿기지 않았다.

그 순간 형은 나를 붙잡았다.

"먼저 저거 치우자. 집에 쓰레기봉투 있어?"

"응."

그렇게 우리는 바닥을 닦고 시체를 치우기 시작했다. 운반하기 편하게 쓰레기 봉투에 나눠 담았다. 그리고 형이 몰고 온 차 트렁크에 실었다.

"화장실에 가서 샤워하고 화장실 깨끗이 닦고 있어."

"혀……형은?"

"나머지는 내가 처리할게."

"어떻게 하려고……."

형이 이야기해줬다. 아는 사람 중에 이런 것을 처리하는 사람이 있다고 말이다. 그 사람은 정육점 사장인데 평소에 여러 범죄를 많이 경험해봐서 아마 부탁을 하면 처리해 줄 거라고 말이다.

나중에 알게 된 사실인데 그 사장은 도박에 미쳐서 항상 돈이 궁핍했다.

그리고 사체를 일반 고기인 것처럼 해서 아는 식당에 조금씩 납품을 하고 있다는 것도 말이다.

우리는 전부 공범이 되었다. 공범…….

화장실에서 샤워를 하면서 펑펑 울었다. 믿기지 않는 현실
이 두려움을 넘어 서글픔과 자괴감으로 다가왔다. 울면서 화
장실을 청소했다. 그리고 언젠지 모르게 다시 잠이 들었다.
화장실에서 말이다.

딩동 딩동

초인종이 울렸다.

눈을 번쩍 떴다. 샤워기 호스에서 물이 계속 흐르고 있었
다. 잠그지 못하고 잠이 들었나 보다. 아직도 숙취는 계속 남
아있었다.

나는 팬티만 입은 채 현관문 구멍을 통해 밖을 바라봤다.
형이 서있었다. 얼른 문을 열었다.

"어떻게 됐어?"

"일단 내가 사장한테 말해서 맡겨 놨어."

"이제 나 어떻게 해?"

형은 내 손을 잡고 나를 끌고 소파에 앉았다.

"무슨 일인데? 왜 사람을 죽였어?"

나는 가게에서부터의 일을 천천히 말하기 시작했다.

"정말 기억이 안 난다고?"

나는 고개만 끄덕였다. 더 이상 할 말이 없었다.

"네가 죽인 사람 신원을 알 수가 없어. 혹시 그 아저씨 어디서 본 기억이 없어?"

"없어……. 미안해."

아무리 기억하려 해도 기억이 나질 않았다.

형은 내 어깨를 토닥이며 지갑에서 5만 원권 수십 장을 꺼냈다.

"지금 형이 돈이 이것밖에 없어. 내일 다시 넣어 줄게. 내일부터 집 밖에 나가지 말고 내 연락이 올 때까지 기다리고 있어."

나는 형이 준 돈을 받아 쥐고는 다시 고개만 끄덕였다.

실수였다. 이 모든 것은 실수였다. 그런데 빨리 자수를 해야겠다는 생각은 들지 않았다. 왜 그랬을까.

다음날까지 나는 한숨도 자지 못했고, 형의 말을 무시한 채 다시 집 밖으로 나왔다.

형의 당부를 어겼다.

take 3

모텔을 나와서 택시를 잡고 어제 선배와 마셨던 식당으로 갔다. 식당 앞에 주차되어 있던 차에 올라탔다. 핸드폰을 열어서 강 형사가 찍어준 차량 소유자의 주소를 네비게이션에 입력을 했다.

있는 곳에서 그리 멀지 않은 곳이었다. 고작 10분정도 되는 거리였다. 그대로 차에서 내렸다. 조금 걷기로 한 것이다.

꽤 걸었던 것 같다. 주소지는 식당이었다.

'정육점⋯⋯. 그리고 식당이라.'

기분이 묘했다. 그대로 식당 문을 열고 들어갔다.

"어서 오세요!"

종업원의 안내에 따라 테이블에 앉았다. 잠시 뒤 종업원은 물컵과 물수건을 가지고 나타났다.

"주문 하시겠어요?"

"아, 저기, 여기 사장님 계시나요?"

"사장님이요?"

종업원은 의심스러운 눈초리로 나를 위아래로 훑었다.

"네. 사장님한테 잠깐 볼일이 있어서요."

"잠시만요."

상당히 불친절한 종업원인 것 같았다. 잠시 뒤 주방에서 누군가가 걸어 나왔다.

"무슨 일이시죠?"

"아⋯⋯, 여기 식당 사장님이세요?"

"네, 그런데요?"

배가 조금 나온 남자 사장이 영문을 모르겠다는 듯이 엉거주춤 서서 말을 했다.

"아 혹시 여기 이 차 번호 차주 되십니까?"

나는 주머니에서 쪽지를 꺼내서 사장에게 내밀었다.

"어? 이거 제 옛날 차 번호인데요?"

'이건 또 뭐야? 뭔 일이 이렇게 꼬이지…….'

take 1

의사가 들어왔다.

"몸은 좀 어때요?"

경멸하는 눈빛이다. 굳이 왜 나 같은 환자를 치료해야 되는지 하는 눈빛이다.

"조금 욱신거리긴 하는데 괜찮습니다."

"아니, 그거 말고요."

의사는 나를 보지 않고 혈압기 쪽을 보면서 무심히 말했다.

"그럼 뭐 말인가요?"

나는 의아했다.

"뭐 심장이 갑자기 뛴다든지 숨을 못 쉴 것 같다든지 뭐 그런 증상은 없어요?"

"네. 딱히 그런 증상은 없습니다."

의사 옆에 아까 그 걸걸한 목소리의 남자가 서 있었다.

"당신 운 좋은 줄 알아요. 아니 운이 좋은 건지 운이 나쁜 건지 알 수가 없네요."

의사가 하는 말이 뭔지 알 수가 없었다.

"무슨…… 말씀이신가요?"

의사는 차트를 한번 쓱 보더니 나를 보았다.

"여기 실려온 이유가 물론 구타에 의한 상처 때문이기도 한데 그보다 김성균 씨 심장마비로 실려 왔어요."

"그게 무슨……."

그렇다. 내가 바닥에 쓰러져 수갑이 채워지는 것 같은 느낌 이후에 기억이 없었다. 그 전에 한 대 맞은 것 같았는데.

"김성균 씨 몸에 스테로이드 약물이 과하게 들어가 있어요. 그리고 수면제를 다량 복용했나요? 수면제 성분도 과하게 나왔고요."

수면제? 스테로이드? 무슨 말인지 몰랐지만 직감적으로 나는 내 팔을 힐끔 보았다. 그래 그놈이 나에게 투여한 것이 그 두 가지였던 걸까.

"그럼 무슨 심각한 문제가 있는 건가요?"

옆에 서있던 남자는 혀를 끌끌 찼다.

"글쎄요. 검사를 좀 더 정확히 해봐야 알 수 있는 거라서 일단은 상태 보고 내일 오후쯤 다시 말해 줄게요."

의사는 말을 마치고는 바로 획 돌아서 병실을 나갔다. 뒤따라 남자도 같이 나갔다.

미처 정신이 없어서 알지 못했지만 내 왼손에는 병실 안전바와 같이 수갑이 채워져 있었다.

심장마비는 또 무슨 말인지 알 수가 없었다. 정신이 점점 이상해지는 것 같았다. 더욱더 알 수 없는 기분이 가슴속에서 스멀스멀 올라오고 있었다.

창문도 없다. 주위에는 아무것도 없다. 손이나 팔에는 주사 바늘도 없고 그냥 침대에 누워 있는 것 말고는 할 수 있는 게 없었다.

"죽지도 못하겠네……."

take2

푹 눌러쓴 모자에 후드를 덮어쓴 나는 잠시 맞은편에서 누나의 가게를 지켜보고 있었다. 불안한 마음과 서글픈 마음이 동시에 느껴졌다.

누나는 어김없이 장사 준비에 바쁜 것 같았다. 보통 손님은 많이 없지만 그래도 해가 지면 한두 테이블씩은 있었다. 오늘도 그런 것 같았다.

쓸쓸한 기분이 갑자기 들었다. 이제는 누나를 영영 볼 수 없는 건 아닌지 걱정이 됐다. 앞으로는 도망을 다니면서 살아야 하는 건지 불안하기도 했다.

발걸음을 옮겨 집으로 다시 향했다. 누가 보는 사람이 없는지 걷다가 멈춰서기를 여러 번 했다. 버스정류장을 지나칠 때 옆에 있던 게시판이 눈에 들어왔다. 혹시나 나를 찾는 어떤 수배가 있는 건 아닌지 걱정이 됐다.

조심스럽게 게시판을 바라본 나는 화들짝 놀랐다. 게시판에는 수배 전단지가 붙어 있었다.

그리고 거기에 그 아저씨 얼굴이 나와 있었다.

'강도 살인' 박춘배.

그것이 그 아저씨의 이름이었다. 조직폭력단 출신으로 전과가 상당히 많았다.

겁이 덜컥 난 나는 재빨리 집으로 걸어 들어갔다.

잠시 소파에 앉아 멍하니 화장실 쪽을 바라보았다. 문득 이런 생각이 들었다.

'씨x, 잘 됐어. 어차피 죽어 마땅한 새끼였어. 아마 찾는 사람도 없을 거야.'

이런 생각이 시작되자 생각은 꼬리에 꼬리를 물고 오히려 나를 정당화하게 되었다.

그때 전화가 울렸다.

화들짝 놀란 나는 가슴을 진정시키고 전화를 봤다. 형이었다.

"여보세요……."

"성찬아 방금 돈 입금했다. 이 돈 정육점 사장이 준 건데 꽤 많이 줬어."

"형 언제 집에 와?"

"지금 가고 있어. 왜? 무슨 일 있어?"

"아니 할 이야기가 있어서."

"금방 도착하니까 가서 이야기하자."

전화를 끊고 나는 이불 속으로 들어갔다. 집에선 불을 켤 수가 없었다. 불을 켜면 그 아저씨가 다시 나타날 것만 같았다.

시간이 얼마나 지났을까 초인종 소리가 들렸다. 나는 현관으로 조심스럽게 걸어가 구멍을 통해 문밖을 보았다. 형이다.

형은 들어오자마자 나에게 물었다.

"무슨 할 이야기?"

형의 질문에 나는 우물쭈물했다. 오늘 밖에 나갔다 온 것을 알면 형이 화를 낼 것 같았다.

"아니 무슨 이야기? 빨리 말해!"

"아니 사실은……."

나는 좀 전에 나갔던 이야기와 수배 전단에 나온 아저씨 이야기를 했다. 형은 곰곰이 생각을 하더니 나에게 말했다.

"그래, 어차피 찾는 사람도 없을 거야. 그리고 정육점 사장이 얼마를 줬는지 알아? 무려 2천만 원이야"

2천만 원. 나는 놀랐다.

"왜? 그렇게 큰 돈을……?"

"그 사장 사실은 사람을 납품하거든 식당에다가. 그런데 그 식당들이 대박이 난 거야. 그래서 아까 사장이 나하고 거래를 할 수 있냐고 하길래 오늘 알았다고 이야기하고 잔금 받고 오는 길이야."

이 어이없는 이야기를 듣고는 순간 멍해졌다. 그리고 한 가지 생각이 떠올랐다. 아마 2천만 원이라는 큰 돈의 유혹 때문에 생각이 떠오른 것 같았다. 갑자기 두려움 따위는 없어져 버린 것 같았다.

"형. 그럼 어떻게 다음 납품을 할 건데?"

나는 제안하기 전에 형의 생각을 떠 봤다.

"몰라 나도. 근데 사람을 납품하는지는 사실 확실히 나도 잘 몰라. 그냥 죽은 사람 가져다 주면 알아서 처리하는 것 같더라고."

"형. 내가 아는 사채업자들 있는데 그 사람들은 어때?"

형은 내 이야기에 얼떨떨한 표정으로 나를 바라보았다.

"너 인마, 무슨 생각을 하는 거야?"

형은 언성을 높였다. 그도 그럴 것이 얼마 전에 사람을 실수로 죽인 놈이 이번에는 앞장서서 아예 작정을 하고 사람을 죽여 팔겠다고 하니 기가 막힐 수밖에 없었다.

"형이 그 사장이랑 거래했다며? 실수긴 해도 나쁜 새끼들 찾는 사람도 없고 어차피 망가진 인생인데……."

"미친놈아! 아무리 그렇게 이야기를 했어도 그냥 안 가져다 주면 돼! 어떻게 사람을 계속 죽여서 가져다 파냐? 이 새끼 이거 정신이 있는 거야 없는 거야? 너 지금 쥐 죽은 듯이 살아도 모자랄 판에."

형의 말을 듣고 있으니 내 안에 뭔가가 꿈틀거리고 있었다.

그 때 핸드폰에 알람이 울렸다.

[oo은행 1천만원 입금되었습니다.]

핸드폰을 떨어뜨린 나는 형을 바라보고 말했다.

"형……, 진짜구나? 이 돈……."

"뭐?"

형은 나를 보고는 잠시 움찔했다.

"형······, 이거 하자."

take 3

하루 종일 밥 생각이 없다. 식당 주인에게 들은 말로는 예전 차 번호라고 하는데 그렇다면 그 이후에도 계속 차주가 식당 주인으로 되어 있을 수가 있는 것인가.

딱 하나의 가능성은 남아 있다. 식당을 나와 다시 차가 주차 되어있는 곳으로 걸어갔다. 걸어가면서 생각을 했다. 좀 전에 식당 주인이 한 말이 떠올랐다.

"그 차 제가 며칠 전에 중고로 팔았어요. 근데 직거래로 팔아서 등록은 상대방이 알아서 한다고 서류를 가져갔어요. 저도 요 며칠간 너무 바빠서 받은 서류를 집에 놓고 구청에 못 갔네요."

식당 주인이 깔끔하게 차를 정리하지 못했기 때문에 이런 일이 생긴 건가 싶다.

어쨌든 식당 주인이 퇴근하고 집에 가면 서류를 확인하고 연락을 준다고 했으니 기다리는 수밖에 없었다.

병원이나 경찰서에서는 선배에 대한 소식이 아직 들려오지 않았다. 걱정이 계속됐다.

생각을 하며 걷다 보니 어느새 차에 도착했다.

차 안에서 지난 시간을 곰곰이 되짚어봤다. 처음 신고를 받고 출동한 곳이 여수 시내의 정육점이었다. 그리고 그곳을 둘러보던 중 골목 안에 악취가 나는 통이 있었다. 주변을 지켜달라고 지구대에 요청을 했고 다음날 국과수 사람들을 만나 통 안을 조사하려고 했었다. 그런데 통은 온데간데 없이 사라졌고 택배기사의 손에 들린 택배가 조정철이란 이름으로 정육점으로 배송이 왔다. 새벽에 요청한 지구대의 순경들은 내 동료 조정철이란 사람의 오더로 자리를 잠깐 떴고 그때 순경 중 한 명이 조정철이란 사람의 차량 번호판을 목격했다. 정육점은 계속 닫혀 있고 차량 번호판을 추적해 서울까지 올라와서 선배와 술 한잔 걸치고 선배가 운영하는 모텔에 들어와 자고 있었는데, 새벽에 선배가 이상한 놈에게 상처를 입었다. 그 놈은 내가 때려서 병원에 있고 그 놈의 이름은 김성균이다. 팔에는 이상한 주사자국이 있었고 여수 택시 기사인데 택시도 없이 서울에 올라왔다. 그리고 이 끔찍한 일을 저질렀다. 충동에 못 이겨서 말이다. 마침 강 형사에게 연락이 왔고 택배의 실제 주인은 조정철이 아니라 김성균…… . 조사 중이던 차량의 주인은 여자가 아니고 남자 식당 사장이라…… .

생각을 할수록 미궁에 빠져버린 것 같았다.

'일단 김성균 이 놈이 수상해. 차량은 주인에게 연락이 오면 알게 되겠지.'

갑자기 잠이 쏟아졌다. 그리고 잠시 후,

띠링 띠링

핸드폰이 울렸다. 차 밖의 풍경은 어두웠다. 자버렸다.

핸드폰이 울리고 시계를 보니 어느덧 8시가 넘었다. 꽤 오래 자버렸다.

"여보세요."

"아! 저 아까 식당 주인인데요."

"네. 찾아보셨어요?"

"네. 그게 저……, 차가 제 명의가 아니고 제 여동생 명의로 되어 있었네요."

"여동생이요?"

"네. 사실은 제가 직접 직거래로 판 것이 아니고 제 여동생이 직거래를 했습니다. 처음에 차를 사고 중간에 제가 여동생 명의로 돌려 놨던 것을 깜박했네요. 지금 서류를 확인해 보니까 동생 이름으로 나오네요."

"여동생 분 지금 집에 있습니까?"

나는 뭔가 이상하게 흘러가고 있다는 느낌을 받았다.

"아! 여동생은 며칠 전에 잠깐 여수로 내려갔는데요."

"여수요? 왜요?"

"아, 여수에 여동생이 운영하는 정육점이 있어서요."

"이름이 뭔데요."

직감적으로 느낌이 안 좋았다.

"여수 시내에 영수 정육점이요."

'미쳐버리겠네.'

take 2

TV나 인터넷 어디에도 죽은 조폭 아저씨의 기사는 없었다. 아침 점심 저녁 모든 기사와 뉴스를 꼬박꼬박 살폈다.

벌써 나흘째 잠잠했다. 조금 긴장이 풀렸는지 이제는 어느 정도 밥도 잘 먹고 잠도 조금씩 자고 있다. 어차피 수배 중인 놈인데 죽어서 영원히 잠적하는 게 나을 것이다.

옷을 갈아입고 모자를 눌러쓰고 집을 나섰다.

긴장이 조금 풀렸다고 해도 아직까지는 아침이나 낮에 나가기가 두려웠다. 해가 뉘엿뉘엿 지고 있었다. 발걸음을 재촉해 누나의 고깃집으로 향했다. 무슨 자신감이었을까 나는 곧장 고깃집의 문을 열고 들어갔다.

"어서 오세요. 어머!"

"누나, 잘 지냈어요?"

"어……, 어. 오랜만이네."

누나는 무척이나 당황해하면서 나를 반겼다. 아마 지난번 같이 술을 먹고 그대로 헤어져서는 오랜만에 만났기 때문에 조금 뻘쭘했던 모양이다.

"네. 뭐 며칠 밖에 안됐는데요……"

"아! 태형이가 요즘 너 학교에 안 나온다고 걱정했는데……."

"네……, 몸이 조금 안 좋아서 집에서 쉬고 있었어요."

가게를 둘러보니 여전히 손님은 거의 없었다. 한 테이블이 전부였다. 그것도 손님은 한 명뿐이었다.

"저……, 누나."

"응, 왜?"

나는 주머니에서 통장을 꺼냈다. 그리고 누나의 손에 쥐어 줬다.

"이거 받으세요."

누나는 눈을 동그랗게 뜨고는 나와 통장을 번갈아 가며 쳐다보았다.

"이게…… 뭐야?"

"돈이에요. 누나 돈 필요하다면서요."

"아니야. 이러면 안돼."

누나는 화들짝 놀라면서 다시 나에게 통장을 돌려줬다.

누나의 눈빛이 살짝 흔들리는 것처럼 느껴졌다. 아마 내 느낌상 그랬던 것일지도 모르겠다.

"누나 잠깐 여기 앉아봐요."

나는 누나의 손목을 잡고 끌어당겨 테이블에 앉았다.

"5천만원 언제 갚을 건데요?"

"그…… 그건……."

"일단 이걸로 내고 시간을 조금 벌어요. 그리고 이건 그냥 주는 거 아니에요."

누나는 말이 없었다.

"이렇게 해요. 내가 조금씩 갚아줄 테니까 이 고깃집 저도 같이 운영하게 해주세요. 그리고 고기는 제가 납품을 할게요. 아는 정육점 사장님 한 분이 계시거든요."

"어?"

"그렇게 하다가 누나가 돈을 다 갚으면 그때 제가 가게에서 나갈게요. 일단 누나가 저에게 빌린 걸로 해요."

우리는 그렇게 몇 분 동안 서로 이야기를 나눴다. 그리고 결국에 누나는 그렇게 하기로 허락을 했다.

"아! 누나 그리고 그 찾아오는 사채업자들 제가 만날게요."

누나는 이제 완전히 나를 믿고 의지하는 눈빛이었다. 내 스스로도 지금 누나를 보호하고 있다고 생각하니 뿌듯했다.

그때 누나가 의미심장한 한마디를 내게 했다.

"성찬아. 너 그때 우리 같이 가게에서 술 마실 때 그 사람들 중 한 명 만났었잖아!"

순간 머리에 번뜩하고 떠올랐다.

그때였나 보다.

"네? 그래요? 어떻게 생긴 사람인데요?"

나는 당황하지 않고 아무렇지도 않은 척 누나에게 물어봤다.

그리고 그 사람의 인상착의를 누나에게 들었다. 내 방 안에서 죽어 있던 '박춘배' 그 아저씨가 맞다. 정확하게 맞다.

누나의 이야기를 빌어 말하자면 그날 술에 취해 집에 가려고 일어나는 순간 가게 문을 세차게 두드리는 남자 한 명이 있었다고 했다. 워낙 세차게 흔들어서 잠깐 정신이 든 누나는 남자의 얼굴을 보고는 얼른 문을 열고 연신 죄송하다고 했었다. 나는 그 모습을 보고 화가 나서 남자에게 다가갔고 누나에게 누구냐고 물었다. 사채업자란 말에 나는 코웃음을 치고 남자에게 따라오라고 했다는 것이다. 내가 당장 돈을 주겠다고 말이다. 누나는 나를 말렸지만 워낙 거세게 누나를 뿌리쳐서 누나는 바닥에 쓰러졌고 그대로 술기운에 정신을 못 차리고 잠이 들었다고 한다.

그리고 다음 날부터 내가 나오지 않았고 누나는 걱정이 됐지만 내가 다음날 태형이랑 문자를 했다는 소식에 안심하고 있었다고 했다. 그리고 너무 미안하고 창피하기도 해서 나에게 연락을 못했다고 했다.

이제야 블랙아웃의 퍼즐이 맞춰진 것 같았다.

그럼 정말 내가 죽인 것이 맞았다. 아주 조금은 나도 나 자신을 의심해서 혹시나 내가 아니었으면 하는 바람이 있었는데 말이다.

"아⋯⋯ 그래요⋯⋯."

나는 가만히 생각에 잠겼다가 이내 다시 누나에게 말했다.

"그래도 또 오면 그때는 제가 만날게요."

그렇게 안심을 시켰다.

"아! 그리고 저 제가 당분간은 여기로 출근해서 일은 못할 것 같아요. 그래도 저도 운영을 하는 거니까 마감시간에 잠깐씩 올게요."

"그래⋯⋯. 너무 고맙다. 성찬아⋯⋯. 이 은혜를 어떻게 갚아야 할지⋯⋯."

"괜찮아요. 그리고 태형이에게는 저와 관련된 이런 이야기는 하지 말아 주세요."

누나의 확답을 듣고 나는 다시 가게를 나와 집으로 향했다.

그 이후부터 나는 종종 가게가 끝날 시간에 누나를 찾아가서 데이트 아닌 데이트를 했다. 그렇게 우리는 점점 마음이 열렸고 나는 누나와 사귀게 되었다.

점점 내가 군대에 가야 할 날짜가 다가왔다.

여느 날처럼 늦은 밤, 가게에 가려고 모자를 눌러쓰고 집 밖으로 나왔다. 그런데 집 앞에서 모르는 아저씨 한 명이 나를 불러 세웠다.

"어이! 자네."

"누구세요?"

"자네가 성균이 동생이야?"

"그……그런데요…….'"

"이리 와봐!"

나는 불길한 느낌이 들었다. 혹시 형사인가? 아니면 사채업자 동료?

잠시 몸이 얼어붙어서 움직일 수가 없었다.

"형 어디 갔어?"

"네? 형이 어디 가다뇨?"

아저씨는 내 쪽으로 점점 다가왔다. 바로 코앞까지 다가온 아저씨는 나를 뚫어져라 쳐다보고는 씨익 웃었다.

"내 돈 가져다 썼으면 빨리 갚아야지."

이건 또 무슨 말인가. 나는 돈을 빌린 적이 없었다.

take 1

서서히 밤이 찾아왔다. 배에서는 꼬르륵 소리가 났다. 그러고 보니 하루 종일 아무것도 먹지 않은 것 같았다. 그저 병원에서 준 수액만 맞고 있었다. 그래도 지금은 몸을 움직이는데 큰 무리는 없어 보였다.

답답했다. 그리고 불안했다. 내가 병원에서 나가면 어떻게 될까. 그리고 나를 이런 상황으로 만든 그놈은 어디서 무얼 하고 있을까. 나에게 면회를 올 사람은 없다. 심지어 내가 죽어도 아무도 모를 것 같았다.

"김성균 씨."

병실 문이 열리고 아까 왔었던 의사가 들어왔다.

"아…… 네."

"몸은 좀 어때요?"

"움직이는데 지장은 없는 것 같습니다."

의사는 여전히 심드렁한 얼굴로 내 혈압을 체크했다. 그리고 나지막이 속삭이듯 말했다.

"왜 그랬어요……."

나는 아무 말도 하지 못했다. 말할 힘도 나지 않았다.

"내일 오전에 다시 올 테니까 상태 보고 오후에 검사 받도록 합시다."

의사는 수액기를 조절하며 말했다.

"저……, 내일 검사 받고 저는 퇴원하는 건가요?"

"검사 후 2~3일 있어야 결과가 나오니까 최소 3일 정도까지는 여기 병실에 있을 겁니다."

그래도 3일 정도는 벌었다. 병원에서 나가면 나는 경찰서에서 조사를 받을 것이다. 사람을 찔렀으니 강도 높은 조사가 될 것이다. 그리고 무엇보다 이전 과거의 내 행적들이 터져 나올까 걱정이 되었다.

의사가 나가고 경찰 한 명이 들어왔다.

"김성균 씨. 집 주소하고 전화번호 이거 맞아요?"

경찰은 나에게 종이 하나를 내밀었다. 거기에는 내 주소와 전화번호 그리고 직장 이름과 주소가 적혀 있었다.

'하……, 직장에서도 이제 내 사건을 알게 되겠구나…….'

지금부터는 완전한 전과자가 되어버렸다. 앞으로의 인생을 그릴 수가 없었다.

"네. 맞습니다."

경찰은 뭔가를 적기 시작하더니 고개를 끄덕이고 다시 병실을 나갔다. 지금 병실 앞에는 경찰 몇 명이 내 병실 앞을 지키고 있을 것이다.

다시 천장을 쳐다보고 누워있는데 갑자기 또 다시 병실 문이 열렸다.

걸걸한 목소리의 남자 형사이다.

"김성균 씨 이거 보여요?"

형사는 내 앞에 종이를 하나 꺼내 보였다.

"이게 뭔가요?"

"이거 가택 수색 영장이에요. 그리고 김성균 씨 핸드폰 통화기록하고 인터넷 통신기록 그리고 뭐 친인척 조사까지 등등 우리가 영장 받아왔으니까 여수에 내려가서 확인합니다. 알겠죠?"

"아……, 네."

체념했다. 이제는 하늘에 맡기는 수밖에 없었다. 과거의 행적이 모조리 나오진 않을까 무척 겁이 났다.

"일단 이렇게 알고 있고 병원에서 나오면 본격적으로 조사할 테니까 그렇게 알고 있으면 됩니다."

나는 고개만 끄덕였다.

형사가 나가고 나는 숨죽여 되뇌고는 작은 목소리로 중얼거렸다.

"제발…… 제발……."

젠장, 뭐가 제발이란 말인가.

take 2

수상한 아저씨는 내 집 소파에 앉았다. 집 이곳 저곳을 둘러보고는 피식 웃었다.

"그러니까 잘 들어 학생."

"네……."

"네 형이 나한테 1억을 빌렸어. 근데 잠수를 탔어. 그래서 내가 전화를 했지. 그런데 안 받아. 무슨 말인지 알았어?"

"네……."

"학생 돈 빌려 봤어?"

"아니요."

"학생 알바 하나?"

"아니요."

"뭐야 이 새끼. 곱게 자랐구먼."

자꾸 새끼 새끼 하는 게 거슬렸다. 거들먹거리는 자세도 그렇고 재수 없고 짜증이 났다. 가게에 가서 누나를 만나야 하는데 뭔 이상한 새끼 때문에 가지도 못하고 이게 뭐 하는 짓인지 모르겠다.

"아무튼 돈을 빌렸으면 갚아야지? 그렇지?"

"네."

"지금 형 어디 있는지 알아?"

며칠째 형을 보지 못했다. 형은 전화도 없었다. 나도 딱히 전화를 걸진 않았다.

예전부터 형은 가끔씩 도박을 하는 것 같았다. 형의 핸드폰에 가끔씩 도박장이나 게임에 관한 메시지가 오는 것을 본 적이 있었다. 그런데 형이 심하게 빠져서 누구에게 돈을 빌리고 다닐 정도는 아니라고 생각을 했다. 아니 그렇게 믿고 싶었던 것 같다.

"잘 모르겠는데요."

나는 정말 몰랐다.

"진짜?"

"네. 요 며칠 연락을 안 했어요."

"네 형 집에 내가 가봤는데 없어. 아, 쌍! 어디로 사라진 거야. 어디 있을 만한 곳 몰라?"

있으면 알려줄까……. 당연히 안 알려주지.

"잘 모르겠습니다."

"근데 어린 놈의 새끼가 왜 이렇게 힘이 하나도 없이 말해? 밥 안 먹었냐?"

내가 밥을 먹던 말던 무슨 상관일까…….

"야! 집에 술 있냐?"

"네?"

"술 있냐고 새끼야? 이 새끼 귓구멍이 막혔나."

"네……. 있는데요."

"가져와 봐."

나는 조용히 일어나서 냉장고에서 술을 한 병 꺼냈다. 등 뒤에선 여전히 구시렁거리는 소리가 들렸다.

"야! 먹을 것도 좀 가지고 와봐. 이 새끼야 빨리빨리 움직여!"

냉장고에서 사과를 하나 꺼냈다. 그리고 식탁에서 과도를 집어 들었다.

과일과 소주병을 들고 아저씨에게 갔다.

그리고 내리쳤다.

소주병으로 머리를 힘껏 내리쳤다.

"씨x 미친 새끼가."

나는 쓰러진 아저씨를 보고 욕을 했다.

그리고 손에 쥔 과도로 목을 찔렀다. 아저씨는 버둥거리며 뭐라고 말을 하는 듯 보였다.

"뭐라고?"

"…푸흡 푸흡…"

"안 들려, 이 새끼야. 똑바로 말해봐."

잠시 후 눈이 풀리고 그렇게 아저씨는 미동도 없었다.

"하. 씨x 미친 새끼가 별 이상한 소리를 하고 있어."

나는 소파에 앉아서 사과를 한 입 베어 물었다.

take 3

강 형사에게 전화를 했다.

"여수 시내 그때 정육점에 가봐. 거기 여자 주인 분이 있을 거야. 그 분에게 차량이 예전 것이 맞는지 물어봐."

"네. 알겠습니다."

"그리고 그 조정철이란 이름은 도대체 뭐야? 알아낸 것 없어?"

"아! 네, 아직 정확하진 않은데, 그 시내 주변으로 범위를 넓혀가면서 조정철이란 사람이 있는지 찾아보고 있는데 아직 모르겠습니다."

"알았어. 계속 수고해."

"네 선배님. 그런데 그 정육점 여자분 성함을 아시나요?"

"응. 박태연."

"네, 알겠습니다. 선배님은 언제쯤 다시 내려오실 예정이세요?"

"여기 선배 병원에서 깨어나면 좀 만나고 가려고. 팀장님한테 말씀 좀 드리고. 그리고 뭐 급한 일 있어?"

"아, 아닙니다. 급한 일이 뭐 있겠습니까? 제가 팀장님께 말씀 드리겠습니다."

"그래, 수고해."

전화를 끊고 담배를 한 대 물었다. 긴 연기를 내뿜으니 복잡했던 머리가 조금은 개운해지는 것 같았다.

'아……, 진짜 이 생활 못 해먹겠네…….'

항상 드는 생각이지만 이번엔 정말이다.

다시 선배의 모텔로 향했다. 조금 생각을 정리하고 싶었다.

take 2

핸드폰 벨 소리에 전화기를 보았다.

"어. 형."

"너 집이야?"

다급한 목소리로 형은 나에게 물었다.

"응. 집이야. 지금 TV 보고 있어."

"너……, 괜찮아?"

"뭐가?"

형은 우물쭈물했다.

"거기 정육점 사장 가지 않았어?"

나는 형의 말에 쓰러져 있는 아저씨를 힐끔 봤다.

"어떻게 생겼는데?"

생김새를 묘사하는 형의 이야기를 듣고는 다시 사과를 한 입 베어 물었다.

"여기 있어."

"뭐? 형이 바로 갈게. 어디 다친 곳은 없지?"

"응, 없어."

전화를 끊고 다시 소파에 앉았다. 그놈이 이놈이란 말이지.

잠시 뒤 현관 초인종이 울리고 나는 문을 열었다. 형이 집 안으로 뛰어 들어왔다.

그리고 거실에 벌어진 참혹한 광경 앞에 형은 털썩 쓰러졌다.

"너……."

"왜?"

나는 아무렇지 않게 형을 쳐다봤다. 형은 나와 아저씨를 번갈아 보며 입을 다물지 못했다.

"이건 또 무슨……일이야!"

"아니 이 미친 새끼가 자꾸 기분 나쁘게 하니까. 죽여버렸지."

　나는 화장실에 들어가서 쓰레기 봉투를 몇 장을 들고 거
실로 걸어갔다.

　피를 닦다 만 걸레가 소파 위에 그대로 방치되어 있었다.
걸레를 집어 들고 다시 소파와 바닥을 닦기 시작했다.

　"형 이 사람이 그 정육점 사장이야?"

　나는 계속 바닥을 닦으면서 형에게 물었다. 형은 계속 대
답이 없었다. 뒤를 돌아 형을 바라봤다. 형은 얼어붙었는지
앉은 채로 멍하니 아저씨를 보고 있었다.

　"뭐해? 안 닦고."

take 3

　모텔 앞은 아무 일도 없었다는 듯 조용했다. 가끔씩 지나
가는 사람들의 발자국 소리만 들렸다.

　차를 주차하고 방으로 올라가려는데 전화 벨 소리가 울렸
다.

　"여보세요."

　"아! 임강철 경위님?"

　"네. 그런데요."

"아, 여기 경찰서인데요. 그 선배님 지금 많이 회복되셔서 깨어났다고 합니다."

정말 다행이었다.

"상태는 좀 어떤가요?"

"정확한 건 저희도 잘 모르겠습니다. 저희도 방금 막 병원에서 연락 받고 연락 드리는 겁니다."

"아. 네, 감사합니다."

"저희도 지금 병원으로 출발했으니까 임 경위님도 참고하십시오."

"네, 알겠습니다."

전화를 끊고 다시 차로 향했다. 늦은 시간이지만 사건이 사건인지라 한시라도 빨리 선배에게 가야 했다.

그리 멀지 않은 병원이기에 금방 갈 수 있었다.

병원에 들어서자 벌써 경찰차가 몇 대 보였다. 재빨리 주차를 하고 뛰어서 건물 안으로 들어갔다.

병실 앞에 도착하자 형사들이 벌써 도착해서 서있었다.

"임 경위입니다. 선배 몸은 좀 어떤가요?"

"많이 회복이 되고 있다고 합니다."

"들어가도 되나요?"

형사들은 난처한 듯 머리를 긁적였다.

"아…… 저기……, 간호사가 아직 들어가면 안 된다고 하네요. 의사하고 같이 올 테니까 잠깐 기다리라고 합니다."

"아……, 네. 알겠습니다. 조금 기다리죠, 뭐."

가쁜 숨을 몰아 쉬고는 의자에 앉았다. 죽지 않고 살아서 다행이고 수술이 잘 끝나서 다행이라고 생각했다. 무서운 태풍 같았던 그날 밤 일이 머리에 스쳐 지나갔다. 끔찍한 일이 아닐 수 없었다.

30분 정도 시간이 지났을까 의사와 간호사가 선배의 병실 쪽으로 걸어오는 것이 보였다. 발걸음이 가까워질수록 긴장이 됐다. 나는 천천히 의자에서 일어났다.

몇 명의 형사들에게 둘러 쌓인 의사는 차트를 가만히 내려다 보고는 말을 했다.

"최성은 씨 보호자 분도 오셨나요?"

아무런 대답이 없자 형사들이 두리번거리다가 내 쪽을 쳐다보았다.

"아……, 저는 그……."

그 때 한 형사가 재빨리 대답을 했다.

"아! 저기 저분이 남편분이신데요."

대답을 하고서는 나를 가리켰다. 나는 잠시 당황을 했지만 눈치 빠르게 알아채고는 고개만 끄덕였다.

잠시 의사는 뜸을 들이더니 말을 했다.

"지금 회복 중에 있습니다만 현재 말을 하는데 불편함이 있습니다. 그래서 아직 말을 시키거나 하시면 안 됩니다. 그리고 부상 과정에서 쇼크가 있었는지 부분적으로 기억이 안날 수도 있는 점 참고하시고요. 그리고 오늘은 보호자분도 병실에 들어가기는 힘들 것 같습니다. 내일 오전에 회진이 끝나고 경과를 지켜보고 괜찮으면 보호자분 한 분만 병실에 들어갈 수 있도록 조치를 취해 보겠습니다."

말을 마친 의사는 나에게 꾸벅 인사를 하고 다시 돌아갔다. 나는 따라 걸어온 간호사의 팔을 잡았다.

"저기 밥은 먹을 수 있습니까?"

간호사는 걱정 말라는 듯 차분한 목소리로 말했다.

"아마 며칠 뒤부터는 간단한 죽 같은 것을 드실 수 있을 거예요. 아직은 수술 부분이 아물지 않아서 힘들어요."

"아……, 감사합니다."

그래도 며칠 후엔 밥을 먹을 수 있다니 다행이었다.

간호사가 자리를 뜬 후 형사들이 내게 다가왔다.

"그래도 천만다행이네요."

그들은 걱정스러움과 안도의 감정으로 나에게 말했다.

"네. 다행이네요."

갑자기 화가 나기 시작했다. 그 미친놈 때문에 그리고 그 미친놈의 알 수 없는 행동 때문에 선배가 이렇게 됐다고 생각하니 참을 수가 없었다.

그 때 형사 한 명이 내 어깨를 두드렸다.

"저기……, 이런 말씀 죄송하지만……. 지금 경위님 심정을 저희가 헤아리긴 어려우나 웬만하면 그 새끼 병원에는 당분간 가지 않는 것이 좋을 것 같습니다."

"네?"

"감정이 너무 앞설 수 있기 때문에 조사는 저희들이 하도록 할 테니까 저희에게 당분간은 맡겨 주세요."

화가 나서 주체할 수 없었지만 분명 맞는 말이었다. 만약 내가 그 병원에 가서 그 놈을 지금 만난다면 아마 패 죽였을 것이다.

"알겠습니다."

마지못해 이를 갈며 대답을 했다.

"아! 그리고 경위님이 오늘 여기 병실에 있으실래요? 아니면 저희가 있을까요?"

"제가 내일까지 있겠습니다."

"그럼 순경들 몇 명 곳곳에 배치하겠습니다. 병실 앞은 경위님께 부탁 드리겠습니다."

말을 마친 형사들도 인사를 하고 자리를 떴다.

다시 의자에 앉았다. 핸드폰을 보니 11시가 지나고 있었다. 의자에 앉아서 이런 저런 생각을 하다가 잠이 들었다.

아침이 다시 밝아 왔고 의사들이 몇 번 선배의 방에 들어갔다 나왔다를 반복했다. 간호사들은 매 시간마다 왔다 갔다 한 것 같았다.

나는 팀장에게 전화를 했다.

"네……, 알겠습니다. 그럼 다시 연락을 드리겠습니다."

연차를 썼다.

그렇게 사흘이 지났다. 금방이라도 괜찮아질 것처럼 말을 했던 의사의 말과는 다르게 선배는 급한 고비를 몇 번이나 넘긴 듯이 보였다. 사흘간 서울 형사들이 매일 방문을 했다. 나는 씻지도 못하고 사흘 간을 계속 병실 앞 의자에만 앉아서 기다리고 자고를 반복했다.

나흘째 되던 날 간호사가 가져다 준 식사를 하고 있는데 전화가 울렸다.

폰을 보니 강 형사의 전화였다.

"어, 강 형사."

"선배님. 괜찮으세요?"

"응, 나는 괜찮아."

"다름이 아니라 그 정육점에 가봤는데요."

"응, 그런데."

"거기 주인이 없는데요?"

"뭐? 주인이 없다니 무슨 말이야?"

"제가 매일 계속 가 봤는데 아무런 인기척이 없어요. 그리

고 순찰로 24시간 정육점 앞에서 지구대 순경들에게 지키게
했는데 아무런 소식이 없습니다."

"분명히 식당 주인이 있다고 했는데……."

"네? 무슨 식당 주인이요?"

"아…… 아니야. 알았어. 계속 지켜보고 있어."

"네 알겠습니다. 그리고 그 조정철이란 이름이요."

"어! 어떻게 됐어?"

"신원 확인 중에 찾았는데요. 그때 처음에 저희가 구급 대
원들에게 받은 신고지가 남원이었잖아요?"

"어. 그랬지."

"혹시나 해서 남원에 사는 조정철이란 사람 확인 중에 행
불자가 한 명 있더라고요."

"행불자?"

"네. 그래서 협조 부탁해서 조사를 좀 해봤는데 예전에 정
육점 사장이었고 도박 빚에 엄청 시달렸던 사람이더라고요."

"뭐? 또 정육점이야?"

"네. 그런데 그 정육점이 저희가 지금 확인 중에 있는 영
수 정육점입니다."

뭔가 엄청난 것으로 얻어 맞은 느낌이었다. 뭔가 심하게
냄새가 났다. 상당히 좋지 않은 사건이 터질 것 같은 기분이
들었다.

"지금 그 정육점은 누가 주인으로 되어있어? 박태연 씨 아니야?"

"아. 잠시만요……."

한참 동안 전화기 너머에서는 아무 소리도 들리지 않았다. 몇 분이 흐른 뒤 강 형사의 목소리가 메아리치듯이 들려왔다.

"김성균 씨요."

걸렸다. 이 개새끼…….

take 2

어느 순간부터 정당화를 시키니까 마음이 편해지고 대담해졌다. 나에게 이런 대담함이 있었는지 과거에는 미쳐 알지 못했다. 대담함이 광기로 표출이 되는 것 같았다. 심지어는 아무런 감정도 들지 않았다. 죄책감이나 자괴감 따위도 서서히 들지 않게 되었다. 이래서 살인자들이 한 번 살인을 하고 나면 두 번째부터는 쉽다고 느끼는 건가 싶다.

"정육점 사장 가게가 어디야?"

형에게 물었다.

"여수 ○○사거리 뒤……."

이상하게도 사람을 헤치고 나면 놀랍도록 점점 머리가 빨라졌다.

"여수? 그럼 우리 동네구나. 집은 어딘데? 근처야?"

"집이 가게하고 같이 있어."

"저 사장 가게에 손님 많이 찾아와?"

"아……, 사실 정육점이긴 한데 간판만 달고 장사를 안 해. 그냥 하우스로 게임할 때만 잠깐씩 이용하는 것 같더라고."

"그럼 일단 형이 그 가게에 저 사장을 놓고 오면 안될까?"

"지금?"

형은 당황한 기색이었다. 그럴수록 나는 점점 더 침착해져 갔다.

"그럼 지금이지. 지금 운전해서 가면 4시간 정도면 될 것 같은데. 새벽 4시쯤이면 도착하겠네."

우리는 차 트렁크에 사장을 실었다.

"형! 사장 차는 뭔지 알아?"

"사장? 사장 차 없어. 면허가 없어서 택시 타고 다니거든."

완벽했다. 그럼 내 집에 온 증거를 찾을 수가 없다고 생각했다. 형은 차를 출발해서 여수로 떠났다. 우리는 다음 날 새벽에 사장의 가게에서 만나기로 했다.

다음 날 나는 밤 늦게 집을 나와 택시를 탔다. 택시를 타고 여수로 내려갔다. 한참을 달려서 형이 알려준 가게 주소 근처에서 내렸다.

오랜만에 내려온 고향이다. 택시가 떠나고 나는 주소지로 향했다.

가게 앞에서 형에게 전화를 했다. 형이 나왔고 나는 조용히 형을 따라 가게 안으로 들어갔다.

"이제 어떻게 하지?"

형이 안절부절 못하는 것 같았다. 주위를 둘러보니 그래도 정육점에서 사용하는 기계 장비들은 다 갖춘 것 같았다. 하긴 도박 하우스로 위장하려면 이 정도는 했겠지.

"뭘 어떻게 해. 사장이 한 것처럼 똑같이 해서 팔아야지."

나는 형에게 대답을 하고는 가게 안 이것저것을 만져봤다.

"어떻게 팔아? 이런 것 한 번도 안 해 봤는데."

형은 거의 울기 일보직전 이었다. 나는 형에게 다가가 어깨를 두드려 주었다.

"형……, 할 수 있어. 기다려 봐."

나는 냉동고 쪽으로 가서 냉동고 문을 열었다.

"형! 여기 봐. 여기 진짜 잘라 놓은 고기가 있네."

놀라서 뛰어온 형은 기절할 듯이 뒤로 자빠졌다. 냉동고 안에는 잘 패킹 된 고기가 쌓여 있었다.

나는 고기 한 덩이를 꺼내서 조리대 위에 올려 놨다. 쉬워 보였다.

"형. 그 아저씨 다리 줘봐."

한참의 시간을 정육점 안에서 보냈다. 시간이 몇 시간이나 흘렀는지 모르겠다. 정육점 문을 걸어 잠그고 셔터를 내린 채 우리는 그렇게 한참 동안 작업을 했다.

서툴기는 했지만 비슷하게 모양을 냈다. 작업을 하는 동안 형은 내 모습을 보고 계속 속을 게워냈고 나는 아무렇지 않게 작업을 해 나갔다.

그것이 시작이었다.

꼬박 이틀 동안 작업을 해서 냉동을 시켰다. 그리고 냉동을 시킨 고기를 잘 패킹을 했다.

"형 냉동차가 필요해."

"어디서 구해?"

"중고로 한 대 구입해 줘."

이렇게 시작된 납품은 형에게 부탁을 해서 전부 누나의 가게로 옮겨졌다. 아무도 몰랐다. 당분간은 말이다.

쿵 쿵 쿵.

"계세요?"

정육점 문을 두드리는 소리가 났다.

나는 잠에서 깨어 눈을 비비고 일어났다. 어젯밤에도 한숨도 못 자고 고기 자르는 연습을 했다. 조심스럽게 소리가 나지 않도록 움직였다. 누가 온 건지 알 수가 없었다. 혹시 여기 사장의 지인이 온 것이 아닐까 걱정이 됐다.

시계를 보니 오후 4시가 넘었다.

"계세요?"

밖에서 셔터를 두드리는 소리가 났다. 나는 숨을 죽이고 있었다. 형은 어젯밤에 집으로 돌아갔다. 정육점에는 나 혼자 뿐이다.

시간이 지나자 두드리는 소리는 더 이상 들리지 않았다. 나는 계속해서 숨을 죽이고 몇 시간 동안 조용히 있었다. 밤 11시가 조금 넘었다.

안에서 문을 열고 셔터를 조금 올려 보았다. 쭈그려 앉아서 밖을 내다보았다. 아무도 없었다. 몸을 웅크리고 기어 나왔다. 주변을 둘러보니 전부 조용했다. 뒷골목이라 그런지 사람도 잘 다니지 않는 것 같았다.

고개를 돌려 주변을 이리저리 살피다가 문득 바깥쪽 셔터 앞에 붙어있는 종이를 발견했다.

전기세와 수도세 고지서였다. 금액을 보니 상당한 금액이었다. 주변을 둘러보고 다시 가게 안으로 들어갔다.

의자에 앉아서 고지서를 들여다봤다. 벌써 6개월치가 밀려 있었다.

전화가 울렸다. 형이다.

나는 천천히 문 쪽으로 나가서 셔터를 올렸다. 형이 들어왔다.

우리는 말없이 서로 마주보고 앉았다. 누구도 서로 먼저 말을 꺼내지 않았다. 얼마간 시간이 지나서 내가 먼저 말을 했다.

"아까 4시쯤에 고지서 전달하러 사람이 왔다 간 것 같아."

"무슨 고지서?"

이제는 형도 어느 정도 침착해진 것 같다. 차분한 목소리로 나에게 물었다.

"전기세하고 수도세."

나는 고지서를 형에게 내밀었다. 형은 천천히 훑어보더니 입을 열었다.

"많이 밀렸네."

형은 고지서를 내려 놓고 나를 뚫어지게 쳐다보았다.

"이거 안 내면 우리 큰일 나."

"낼 거야."

형은 무덤덤하게 말했다.

"언제?"

"몰라."

내가 두 번째로 사람을 죽인 그러니까 정육점 사장을 죽인 그날 이후부터 형은 점점 말수가 줄어들기 시작했다. 그러다가 우리가 이 정육점으로 내려온 날 그리고 내가 작업을 하는 모습을 본 그날 이후부터 나를 대하는 태도가 많이 변해갔다.

"사장을 찾는 사람이 있으면 안돼."

나는 단호하게 말했다.

"……."

형은 아무 말도 하지 않고 듣기만 했다.

"이 가게 우리가 인수하자."

잠시 형은 움찔하며 놀란 기색을 보였다.

"어떻게? 사람이 없는데 어떻게 인수를 해?"

"사장 가족은 없어?"

"나도 몰라."

"그럼 가족 찾아. 찾아서 대리인으로 계약하게 만들어."

형은 내 이야기를 듣고는 한숨을 쉬었다. 그리고 주머니에서 담배를 한 개피 꺼내 물었다.

"피지 마."

"왜?"

"여기 냄새 베거나 냄새 새어 나가면 들켜."

"그만하자! 씨x 미친 자식아!"

형은 갑자기 의자를 집어 내동댕이치고 화를 내며 일어섰다.

"형……."

나는 조용히 형을 불렀다. 그리고 형의 눈을 똑바로 쳐다보았다. 형은 분노와 절망에 가득 찬 표정으로 거의 울 것 같은 모습이었다.

나는 다시 한번 조용히 이야기를 했다.

"형……, 그렇게 해. 내 말대로 해."

대답 없이 형은 뒤돌아서 다시 문 쪽으로 나갔다. 나가다 말고 잠깐 멈추더니 나에게 말했다.

"왜…… 왜 그렇게 해야 되는데?"

우리는 잠시 말이 없었다. 나는 앉아 있었고 형은 서 있었다. 상반된 우리의 생각을 대변해주는 것 같았다.

침묵이 조금 길어졌다. 그리고 나는 한 마디를 꺼냈다.

"공범이잖아, 우리."

take 1

간호사가 간밤에 수면제를 투약했다. 긴장과 불안 때문에 잠을 잘 수가 없다고 하자 수면제를 투약해 준 것이다. 덕분에 조금이라도 잠을 잘 수가 있었다.

병실 문이 열리고 의사가 들어왔다.

"아침입니다. 몸은 좀 어때요?"

"괜찮은 것 같습니다."

"수면제를 투약했다고요?"

"네……."

"이따가 점심시간 지나고 검사 받으러 가세요. 그리고 검사가 끝나고 저녁부터는 밥을 조금 먹어도 괜찮습니다."

"네……."

"심장하고 내시경 그리고 신경심리검사를 할 거예요."

말을 마치고 의사는 다시 병실을 나갔다. 의사가 나가자마자 걸걸한 목소리의 형사가 들어왔다.

손에는 봉투가 쥐어져 있었다.

"퇴원할 때 이것 입고 퇴원합시다."

형사는 봉투를 시트 아래에 놓아 두었다.

"김성균 씨가 입었던 옷하고 모텔 방에 있던 옷들은 우리가 전부 수거했으니까 그렇게 알고 있어요."

"네. 알겠습니다."

말을 끝낸 형사는 병실을 나갔다.

아직까지 차에 대한 언급이 없는 것을 보니 차가 없어진 것인가란 생각이 들었다. 그 큰 차가 없어질 리가 없는데 어찌된 영문인지 혼란스러웠다.

그리고 옷가지들을 모두 수거해 갔다는 이야기에 혹시나 피가 묻은 것을 발견하면 어떻게 하지라는 생각도 들기 시작했다.

한참을 다시 생각했다. 내 모든 것은 지금 저 경찰들이 다 가지고 있다. 그리고 병원을 나가면 어떻게 될지 뻔했다. 조금이라도 다른 무언가가 나오지 않기만을 바랄 뿐이다. 혹시 깜빡 실수한 것이 있는지 곱씹어 봤다.

생각이 나질 않는다.

갑자기 이런 생각이 머리에 스쳐 지나갔다.

'만약 과거 내 행적이 나오면 이거…… 내가 다 덮어쓰는 거 아니야……?'

그럴 수는 없었다. 이 어마어마한 짓거리가 전부 나온다면 나는 사회에서 매장될 것이 뻔했고 교도소에 들어가도 엄청나게 힘들 것이다. 절대 두 발 딛고 이 나라에서 살 수가 없을 것이다.

그렇다고 딱히 변명 거리가 떠오르지 않았다. 모든 증거가 밝혀진다면 말이다. 그 녀석이 제 발로 나타나기 전까지는…….

take 2

내일은 서울로 올라가야 한다. 내가 없더라도 형은 여기를 지킬 것이다. 내가 일이 생기면 형도 생길 것이고 형이 생기면 나도 생길 것이다.

핸드폰이 울렸다. 어김없이 11시쯤이었다. 나는 셔터 문을 반이 채 못 미치게 열었다.

형이 들어왔다.

똑같이 우리는 마주보고 앉았다. 이번에는 형이 먼저 말을 꺼냈다.

"오늘도 연습한 거야?"

"응."

형은 주머니에서 주섬주섬 종이를 꺼내서 나에게 내밀었다.

누나 가게의 매출전표이다. 가게가 조금씩 잘 되는 것 같았다. 매출이 올랐다.

"좋아지고 있네."

"그러게……."

"형은 좀 알아봤어?"

내 말에 형은 잠시 천장을 쳐다봤다. 그리고 나를 보며 말했다.

"사장 가족이 한 명 있는데……."

"있는데?"

형은 한동안 말이 없이 뜸을 들이고 있었다.

"말해 봐."

"너도 아는 사람이야."

내가 아는 사람이 정육점 사장의 가족이라고? 형이 무슨 말을 하는지 도무지 알 수가 없었다. 내가 이 사장하고 무슨 관계가 있다고 이 사람의 가족을 알고 있다는 말인가.

"누군데?"

다시 형은 입을 다물고는 선뜻 말을 하지 못했다. 답답했다.

"말해 봐! 누군데?"

형은 나를 가만히 바라보았다. 그리고 천천히 말을 했다.

"고깃집 여자. 박태연."

"지랄하지 마."

화가 났다. 무슨 미친 소리를 하고 있는 건지 의아했다.

"안 믿을 줄 알았어."

"어떻게 확인을 한 건데?"

"같이 게임 하던 아저씨 한 분에게 물어봤어."

"그 아저씨가 뭘 아는데?"

나는 어이가 없었다. 고작 같이 도박하는 동료의 말만 믿고 누나가 정육점 쓰레기 새끼의 가족이라고 하는 게 말이 안 된다.

"사장님 전 와이프가 있다는 걸 들었어. 그리고 와이프가 고깃집을 한다는 거야. 서울에서. 이름이 뭐냐고 물었어. 마침 나도 아는 고깃집 여자 사장님이 있다고 했거든. 그랬더니 그 여자 이름을 말한 거야."

"개소리하지 마! 이름이 똑같을 수도 있잖아."

믿고 싶지 않았다.

"내가 오늘 새벽에 납품 갔을 때 물어봤어."

"뭐라는데?"

"결혼했었대. 원래 정육점 사장이었대. 그래서 자기도 고깃집 하는 거라고 말했어."

나는 이야기를 듣고는 고개를 숙였다. 믿을 수 없었고 믿고 싶지 않았는데 들어보니 정말인 것 같았다. 나는 심호흡을 했다. 냉정해질 필요가 있었다.

"그래……, 알았어. 그런데 지금은 남이지."

"아니."

형은 나를 똑바로 쳐다보고는 뭔가 결심한 듯한 눈으로 큰 소리로 정확하게 말했다.

나는 완벽하게 당황스러워졌다. 아니……라니……. 이건 또 무슨 말인가.

"뭐가 아니야?"

"아직 이혼 서류를 제출하지 않았다고 했어."

형의 말에 머릿속이 복잡해졌다. 잠시 생각할 시간이 필요했다. 그리고 배신감이 온몸에 쌓이기 시작했다. 그런데 한편으론 배신감보다 가엾음이 먼저 느껴졌다. 정육점 사장 같이 정신병자 같은 인간하고 지옥 같은 결혼 생활을 했을 거라 생각하니 불쌍한 생각이 들었다.

지금은 사장이 없다. 그리고 한시라도 빨리 이 정육점을 인수해야 했다. 정신을 차려야 했다.

빨리 돈을 벌어서 누나를 행복하게 해줘야겠다는 생각이 더 우선순위이다. 그리고 이 살인을 멈추고 시간을 흘려보내 아무 일도 아닌 일상생활로 돌아가는 것이 목표이다.

"이제 나는 그만 할래. 여기서 우리 멈추자. 어차피 사장을 찾는 사람도 없을 거야. 도박에 미쳐서 주변 사람들 전부 떠나고 돈 빌려준 사람들만 수두룩한데 없어지면 그 사람들도 좋을 거야."

단호한 형의 이야기에 불안해지기 시작했다. 여차하면 형이 자수할 수도 있을 것 같다는 생각이 들었다. 더욱 더 공범으로 만들어야 했다. 아니 오히려 형을 주동자로 만들어야겠다는 생각이 들었다.

잠시 눈을 감고 생각했다. 그리고 다시 천천히 눈을 뜨고 형을 보았다.

"알았어. 이번까지만 운반하고 하지 마."

"알았어."

형의 대답을 듣고 나는 다시 말을 이어 나갔다.

"어쨌든 계약을 빨리 해야 돼. 내일 나는 누나 가게로 갈 거야. 그리고 내가 도장을 가지고 내려올게. 그리고 중개인 없이 형하고 내가 찍으면 돼."

형은 대답이 없었다. 말없이 일어나서 셔터 쪽으로 향해 걸어갔다. 나가려다 말고 다시 뒤를 돌아본 형이 나를 보고 말했다.

"마지막 납품이 언젠데?"

"곧."

take 3

저녁이 되자 의사가 다시 선배의 방에 들어갔다 나왔다.

"보호자분."

"네."

무슨 말을 하려고 하는지 긴장이 됐다. 병원 안은 그다지 덥지도 않은데 땀이 났다.

"최성은 씨 이제 많이 좋아지고 있으니까 오늘 밤에 잠깐 들어가셔도 괜찮습니다. 아직 말을 하기가 불편하니까 참고 하시고요."

"네, 감사합니다, 선생님."

선배를 만나 볼 수 있다는 말에 기뻤다. 그리고 미안했다. 그 놈이 선배를 상처 입혔지만 원인은 나 때문이었다고 생각했다.

의사 옆에 있던 간호사가 내게 말을 건넸다.

"저녁 식사하시고 오세요. 그리고 오셔서 저에게 말씀 주시고 들어가 보시면 됩니다."

"네."

나는 꾸벅 인사를 하고 근무를 서던 순경에게 병실을 부탁하고는 식당 쪽으로 향했다.

핸드폰을 꺼내 들고 강 형사의 번호를 눌렀다. 신호가 얼마 안 가 전화를 받는 소리가 들렸다.

"여보세요?"

"어. 강 형사 나야."

"아! 네, 선배님."

"김성균이라는 사람 신원조회 좀 해서 나한테 문자로 좀 보내줘."

"네, 알겠습니다. 더 필요한 건 없으세요?"

"아! 그리고 조정철, 그 사람 신원조회도 같이 해서 보내주고."

"네, 바로 보내 드리겠습니다."

전화를 끊고 밥 숟가락을 떴다. 많은 생각이 머리에 맴돌아서 밥을 먹는 둥 마는 둥 했다.

얼마 밥을 먹지도 않았는데 휴대폰이 울렸다. 강 형사라고 생각을 했는데 아니었다.

"아빠! 아빠, 어디야?"

연수의 목소리였다. 연수의 목소리를 들으니 갑자기 눈물이 흘렀다. 며칠 동안 너무 긴장하고 있었던 것 같다. 연수의 목소리에 힘이 풀리면서 자연스럽게 알 수 없는 감정에 눈물이 흘러나와 버렸다.

"어……연수야. 무슨 일이야?"

"아빠, 어디야?"

당황스러웠다. 병원이라고 하면 연수가 걱정할 게 뻔했다. 그리고 더욱이 선배가 다쳤다고 말하면 큰 쇼크를 받을 것이다.

"아……, 나…… 지금 경찰서야."

"어디? 벌써 내려갔어?"

"아니, 아직 서울이야."

평소에는 거짓말이 서툴다고 생각했던 나인데 지금 굉장

히 자연스럽게 하고 있는 내가 놀라웠다.

"나 내일 끝나는데, 아빠가 데리러 오면 안돼?"

연수의 말에 잠깐 시간을 체크했다. 연수를 데리러 가고 싶었지만 지금은 며칠 더 있으면서 선배를 간호해 주고 싶은 마음이 더 컸다. 그리고 김성균 그놈의 수상함을 더 조사해 보고 싶었다.

"아……, 미안. 사건 때문에 내일 누굴 좀 만나야 될 것 같은데……."

"아, 진짜? 알았어. 그러면 조심히 일보고 와. 나 먼저 가 있을게."

서운함이 가득 담긴 목소리에 너무나 미안해졌다. 그래도 지금은 이 엄청난 일을 딸에게 말할 수는 없었다.

"그래……. 미안해. 며칠 뒤에 집에서 보자."

전화를 끊고 나니 밥 생각이 없어졌다. 식판을 들고 자리에서 일어났다. 시계를 보니 일곱 시를 막 지나고 있었다. 발걸음을 재촉해서 다시 병실로 향했다.

병실 앞에 도착하기 전 화장실에 들렸다. 옷 매무새를 가다듬고 얼굴을 보았다. 며칠 사이에 퀭해진 얼굴이 말이 아니었다. 간신히 머리를 정리하고 병실 앞으로 갔다. 병실 앞에는 순경이 지키고 있었다. 내가 병실 근처로 가는 모습을 본 간호사가 손짓으로 그냥 들어가라고 사인을 줬다.

드르륵

조심스럽게 문을 열고 들어갔다.

초췌해진 모습의 선배가 누워있었다. 갑자기 눈물이 마구 쏟아지기 시작했다. 선배는 작게 눈을 뜨고 힘 없는 모습으로 나를 바라보고 있었다. 아무 말도 나오지 않았다. 너무나 미안하고 또 정말로 고마웠다. 깨어나줘서 너무 너무 고마웠다. 선배를 보고 있으니 몸이 얼어붙은 것처럼 움직여지질 않았다. 가까스로 선배의 곁으로 다가갔다. 선배의 눈이 내 움직임을 따라 움직이기 시작했다.

나는 선배의 얼굴 옆으로 다가갔다. 아직 호흡기를 끼고 있었지만 선배는 조금씩 몸을 움직이고 있었다.

"선배……, 미안해. 흑흑……."

나는 조심스럽게 선배의 손을 살며시 잡았다. 선배의 눈에서 눈물이 흐르고 있었다. 그리고 선배는 내 손을 살짝 힘을 줘서 잡고 있었다.

한참을 울었다. 다시 깨어나서 움직이는 모습이 좋아서 울었고 살았다는 안도감에 긴장이 풀려 다시 한 번 울었고 나 때문에 이렇게 된 것 같아서 미안함에 울었고 그리고 너무나도 눈부시게 예쁜 모습에 또 한 번 울었다.

"선배……, 걱정 하지마. 다 잘 끝났어. 수술도 잘 됐고 선배 그렇게 만든 범인도 잡았어."

나는 선배를 안심시키려고 노력했다. 그게 지금 내가 할 수 있는 전부였다.

선배는 나를 보고 눈을 한 번 깊게 깜박거렸다. 나는 선배의 손만 잡고 더 이상 아무 말도 할 수 없었다.

이렇게 누워 있는 선배를 보고 있으니 모텔에서의 위급한 선배의 모습이 떠올랐다. 선배의 목에 겨누어진 칼, 경찰들의 다급한 목소리 그리고 피를 흘리며 쓰러져 있던 선배의 모습. 끔찍한 악몽이 다시 떠올랐다.

"선배, 내가 미안해……. 빨리 회복하자. 회복만 하면 선배를 위해서 내가 모든 것 다 들어줄게. 흑흑……."

선배는 내 말을 알아들었는지 눈을 깜박거리며 고개를 살짝 움직였다.

"저기요……, 보호자분……, 죄송합니다. 면회가 30분만 가능해서요."

등 뒤에서 누군가 나를 불렀다. 간호사였다.

시간이 굉장히 짧은 것 같이 느껴졌는데 벌써 30분이나 지났나 보다. 나는 소매로 눈물을 훔치고 일어섰다.

"아……, 네. 바로 나가겠습니다."

간호사가 나가고 나는 선배의 잡은 손을 살짝 놓았다.

"선배, 나 병실 앞에 있을게. 걱정하지 마."

나는 선배에게 짧게 말을 하고 다시 병실 밖으로 나왔다.

밖으로 나와 화장실로 향했다. 눈물로 범벅이 된 얼굴을 닦았다. 그때 휴대폰이 울렸다.

문자 메시지였다. 핸드폰을 켜보니 강 형사에게서 온 메시지였다.

김성균 그리고 조정철의 신상정보가 보였다.

화장실에서 얼굴을 닦다 말고 한참을 전화기를 보았다.

"뭐야 이 새끼들……."

take 1

모든 검사를 다 마쳤다. 생각보다 긴 시간의 검사였다.

다시 병실에서 멍하니 천장만 바라보고 누웠다.

드르륵

병실 문이 열리고 형사 두 명이 들어왔다.

"김성균 씨."

뭔가 불길했다. 형사들의 얼굴에서 알 수 없는 긴장감이 보였다.

"네?"

"잠깐 이야기 괜찮죠?"

"아……, 네."

형사 중 한 명이 사진을 내게 들이 밀었다.

"여기 기억 나요?"

형사가 내민 사진을 가만히 바라보았다.

"……네."

"여기서 언제부터 지냈어요?"

"3년 전부터 지냈습니다."

거짓말을 하고 싶진 않았다.

"여기 정확히 언제부터 매입했어요?"

"……."

형사는 사진을 더욱 내 앞으로 들이 밀었다.

"언제부터 매입했어요?"

"그것도…… 3년 전에…… 매입했습니다."

젠장…….

take 2

12시가 거의 다 되어갔다. 가게 안은 마감을 하고 있는 것 같았다. 나는 바로 안으로 들어갔다.

"어서 오……!"

"누나."

"갑자기 언제 왔어? 연락도 없이?"

나는 주방 쪽에서 가까운 테이블에 앉았다.

"밥 먹었어?"

누나는 반가운 얼굴로 나를 맞아 주었다. 나도 반가웠지만 알 수 없는 배신감이 조금 올라왔다.

"아직 안 먹었어. 가게 문 닫고 고기에 소주 한잔할까?"

"그럴까? 잠깐만 내가 고기 가져올게."

노래를 흥얼거리며 주방으로 들어간 누나를 보고 나는 냉장고에서 소주를 한 병 꺼냈다. 그리고 누나가 오기 전에 소주를 병째 마시기 시작했다.

"어머! 갑자기 술을 그렇게 마시면 어떻게 해? 밥도 안 먹었다며?"

"누나 오늘 장사는 어땠어?"

고기를 가지고 테이블로 다가온 누나를 보고 나는 물었다.

"오늘 손님 완전 많았어. 요즘 단골이 계속 늘고 있어서 기분 너무 좋다. 호호."

"그렇구나……, 오늘 내가 할 말이 있어서 갑자기 연락도 없이 이렇게 왔어. 미안."

갑자기 분위기를 잡았던 탓인지 누나는 살짝 움찔했다.

"뭐야 갑자기? 무섭게 무슨 할 말?"

누나는 의아한 표정으로 내게 물었다.

나는 소주를 한 잔 들이켰다.

"누나, 결혼했어?"

갑자기 치고 들어온 내 질문에 누나는 적잖이 당황한 눈치였다.

"어?"

"형한테 다 들었어."

누나는 말이 없었다.

"괜찮아. 이혼할 거지?"

누나는 고개만 끄덕였다.

나는 누나에게 형과 나눴던 이야기에 대해 하나 하나씩 말해 주었다. 물론 살인에 관한 모든 이야기는 일절 하지 않았다. 그저 누나의 남편이 가지고 있는 정육점을 인수하려고 하는데 남편이 도박에 미쳐 도망가고 사라져버려서 행방불명이라 대리인의 도장이 필요하다고 말이다.

"누나 남편 정육점을 인수하고 우리가 계속 거기서 고기를 정육해서 납품하면 굉장히 안정적이고 좋을 거야. 그리고 누나는 나중에 나하고 결혼하면 그 정육점은 자동으로 누나 것이 되는 거야. 괜히 중개인 끼고 다른 사람에게 나중에 팔면 이것저것 남편에 관한 서류나 중개료 때문에 고생하고 혹은 아예 가질 수도 없게 되어 버리니까 차라리 우리 형하고 계약하면 좋을 것 같은데. 어때?"

이런저런 말로 누나를 어르고 달랬다. 누나도 나를 믿고 있었기 때문에 오래 걸리지 않아 흔쾌히 도장을 넘겼다.

그렇게 새벽이 넘어서까지 누나와 술을 마시며 미래에 대한 이야기를 나눴다.

아침이 밝아 올 때쯤 누나를 집으로 들여보내고 나도 서울 집으로 들어갔다.

하루를 꼬박 자고 저녁 8시에 택시를 타고 다시 여수로 향했다. 주머니에는 누나가 준 도장을 가지고 있었다.

몇 시간이나 지났을까 택시는 어느새 정육점 근처에 도착을 했다.

형에게 전화를 하고 정육점 안으로 들어갔다.

형에게 도장을 건넸다.

"자, 받아. 그리고 계약서류 만든 것 어디 있어?"

형은 내가 가지고 온 도장을 보더니 말없이 구석진 캐비닛에서 가방을 꺼내고 서류를 내 앞에 놓았다.

"찍으면 돼."

형은 두 개의 도장을 번갈아 가며 찍었다.

"됐어. 내일 신고만 하면 돼."

"마지막 납품은 언제야?"

형은 낮은 목소리로 질문을 했다.

"내일 저녁까지 내가 준비해 놓을게."

형은 내 대답을 듣고 셔터 쪽으로 걸어 나갔다.

"집에 가려고?"

나는 발걸음을 옮기는 형의 등 뒤에 대고 물었다.

"가야지. 피곤해."

"형, 잠깐만."

내 말에 형은 뒤를 돌아 나를 보았다. 그 때 나는 냉동고 옆에 있던 쇠파이프를 잡아들고 형의 머리를 힘껏 쳤다.

형은 소리 한번 지르지 못하고 그대로 쓰러졌다.

나는 쓰러진 형을 내려다보았다.

"잠깐만 있어 보라니깐."

4장

기억의 진실

take 3

김성균의 나이는 42세이다. 주소지는 역시나 여수이다.

조정철의 나이는 50세이며 주소지는 남원이다.

조정철이 행불이 된 시점은 지금으로부터 3년 전이다. 특이하게도 구청에서 행불 신고를 했다. 나는 서울 경찰들에게 연락을 했다.

"안녕하세요. 저 임강철 경위입니다."

"아! 네, 경위님. 무슨 일 있으신가요?"

"다름이 아니고 제가 지금 급히 내려가 봐야 되어서 여기 제 선배님 병원에 직원들을 좀 배치해 주실 수 있나 해서 연락을 드렸습니다."

"아, 예. 언제 내려가시나요?"

"지금 바로 내려가봐야 할 것 같습니다."

"네. 그러면 저희 직원을 바로 보내겠습니다."

전화를 끊고 나서 주차가 된 차로 달려가 시동을 걸고 바로 출발을 했다. 재빠르게 고속도로를 탔다. 기분이 점점 더 이상했다. 뭔가 묘하게 기분 나쁜 동선이 겹쳐지고 있었다.

조정철의 남원 주소지에 도착을 했다. 작은 빌라 옥상 층이 조정철이 행불되기 전까지의 실거주지로 되어 있었다.

새벽 3시가 다 되었다. 한적한 시골 마을 같은 곳이라 이 시간에 지나다니는 사람은 없었다. 빌라의 옥상 층을 곁에서 잠시 바라보았다. 불은 꺼져 있었다. 나는 조심스럽게 옥상 층으로 올라갔다. 5층 건물인데 엘리베이터는 없었다. 낡은 빌라여서 그런지 왠지 으스스했다. 계단의 폭은 매우 좁았다.

조정철의 집 문 앞에 도착을 하니 우편물이 수북이 쌓여 있었다. 우편물을 뒤집어 확인을 해보니 대부분이 광고용 우편물이었다. 한참을 살펴보고 있는데 한 광고 우편물이 눈에 띄었다.

여수 대왕 뼈 해장국

남원에 사는 사람에게 여수에서 광고 우편물을 보낸다는 것은 흔히 있는 일이 아니다. 주저하지 않고 나는 우편물을 뜯어보았다.

내용물은 별것이 없었다. 핸드폰으로 우편을 발신한 주소지를 검색했다. 다시 건물을 내려와 차에 탄 후 네비게이션으로 남원 경찰서를 찍었다.

다시 몇 분을 달려서 남원 경찰서에 도착을 했다.

경찰서에 도착한 나는 실종자 관련 정보를 얻기 위해 담당자를 만났다.

"여수 경찰서에서 온 임강철 경위라고 합니다."

담당자인 것 같은 형사는 영문을 몰라 하며 나를 맞이했다.

"아……예. 좀 전에 밑에서 연락을 받았습니다. 그런데 무슨 일로 조정철씨를 찾으시는 거죠?"

"궁금한 것이 있어서 여쭤보고자 왔습니다."

담당 형사는 내게 의자를 내어 주었다.

"어떤 것이 궁금하시죠?"

"아 다른 건 아니고 요 근래에 여수에서 신고사건이 있어서 조사하다가 우연히 시내 정육점에 관련된 매매자들 서류를 입수하게 되었습니다."

"네. 그런데요?"

"그 조정철씨라는 분이 예전 소유자로 되어 있더라고요. 그런데 지금은 행방불명이 되어 있는 것을 알게 되어서요."

담당 형사는 잠시 컴퓨터를 보고 조회를 하기 시작했다. 얼마간 모니터를 뚫어지게 보다가 돌아서서 말했다.

"아. 3년 전에 신고가 됐네요. 구청에서 신고접수가 들어왔었네요."

"왜 구청에서 신고 접수가 들어왔나요?"

"음……, 아마 제 기억으로는 뭔가 거주지 등록이 잘못되어서 구청 직원이 몇 번이나 찾아갔었는데 계속 나타나질 않아서 저희 쪽에 연락을 한 것으로 알고 있습니다."

"그런데 왜 경찰서에 행불로 기록이 들어가게 됐나요?"

"그게 무단 침입으로 구청에서 신고를 했습니다. 그 분이 거주하는 곳이 불법 건축물로 등록이 되어 있더라고요. 그 이후부터 계속 전화도 안 되고 뭐 아무런 소식이 없어서요."

"아……, 그렇군요. 알겠습니다. 그리고 뭐 다른 특이사항 같은 건 없나요?"

"다른 건 잘 모르겠는데 주변 사람들 말로는 빚이 좀 있었던 것 같고 도박을 종종 했던 것 같네요. 그 밖에 다른 건 잘 모르겠습니다."

"주변 사람들이라면 친구나 친척들을 말하시는 건가요?"

"아니요. 그냥 그 주변 동네 사람들이요. 저희가 조사해봤는데 그 사람 가족이 한 명 밖에 없어요. 친구라는 사람들은 본 적도 없고요. 뭐 핸드폰 내역을 뒤져도 친구라 할 만한 사람과 통화한 기록이 없더라고요."

"가족이 한 명이라면 누구인가요?"

담당 형사는 모니터를 힐끔 본 후 다시 내게 말했다.

"와이프가 있네요."

"와이프요?"

"네. 그런데 저희가 만나봤을 때는 벌써 별거한 지 꽤 됐더라고요. 서로 연락한 기록도 없었고요."

"그 와이프라는 분은 지금 어디 있는지 아시나요?"

내 질문에 담당 형사는 모니터를 보았다. 한참을 보더니 다시 고개를 돌려 말했다.

"서울에 있네요."

"서울이요?"

서울이란 말에 당황스러웠다.

"네. 서울 혜화동 근처에서 고깃집을 하시는 것으로 나와 있네요."

망치로 머리를 세게 두드려 맞은 것 같았다. 혜화동…….

뭔가 기분이 좋지 않았다.

"제가 방금 혜화동에서 왔는데요……."

나는 얼빠진 사람처럼 멍 해져서는 작은 소리로 중얼거렸다.

"네? 뭐라고요?"

담당 형사의 질문에 번뜩 정신을 차렸다. 나는 형사를 보고 말했다.

"혹시 그 와이프 분 이름이 뭔지 알 수 있을까요?"

"네. 박태연 씨라고 되어있네요."

'박……태연……이라고?'

놀랐다. 며칠 전 저 이름을 알게 된 건 정말 우연이었다. 차량 정보를 확인하던 중 알게 된 이름을 지금 여기서 다시 듣게 될 줄은 몰랐다. 무슨 기가 막힌 일인지 알 수가 없었다.

"박태연 씨 서울 가게 주소는 알고 계신가요?"

나는 다시 한번 질문을 했다.

"잠시만요."

담당 형사는 책상 서랍을 열고 수첩을 하나 꺼내서 뒤적이고 있었다. 거기엔 없었는지 다른 수첩을 꺼내 또 뒤적거렸다. 몇 권의 수첩을 보다가 멈춰서는 나에게 말했다.

"아. 여기 있네요."

나는 경찰서를 나와 담배를 물었다.

'혜화동……. 박태연…….'

take 2

쓰러진 형을 가만히 보았다. 마치 자는 것처럼 보였다.

발걸음을 옮겨 냉장고를 열었다. 그리고 반찬통을 꺼내어 형의 곁으로 다가갔다.

반찬통에서 꺼낸 주사기를 형의 팔을 걷고 찔러 넣었다.

약물이 들어가는 것이 보였다. 끝까지 약물을 주입하고 축 늘어진 형을 들쳐 업고 정육점 안 방 한 칸에 뉘였다.

문을 닫고 나와 형이 쓰러졌던 주변을 정리하고 다시 냉동고를 열어 고기를 꺼냈다. 형은 몇 시간 푹 잘 것이다. 나는 지체 없이 바로 고기를 해체하는 연습을 했다.

해체한 고기는 드럼통 안에 넣었다. 이것저것 소나 돼지를 해체하고 해체된 것들을 드럼통에 그냥 넣었다. 연습하고 또 연습했다. 시간이 지날수록 이제는 제법 능숙해져 갔다.

냉동고 안에 연습하고 남아 있던 고기들을 전부 드럼통에 나눠 담았다. 작업을 마치니 벌써 3시 반이 되었다. 드럼통의 개수는 3개가 되었고 나는 하나씩 조심스럽게 셔터 문을 열고 밖으로 굴려서 정육점 옆 골목 안쪽에 놓았다. 밖에서 잘 보이지 않는 작은 골목이다.

밖으로 나오면서 주위의 쓰레기 더미를 가지고 와 골목 입구 앞에 쌓아 놓았다.

이따가 오늘 밤부터는 본격적으로 형을 이용할 셈이다.

나는 정육점으로 돌아와 도구들을 정리했다. 그리고 샤워실로 들어가 샤워를 했다.

'약 기운이 얼마나 갈까…….'

take 3

가게 전화 번호를 받았지만 차마 지금은 전화를 할 수 없었다. 혹시라도 김성균이라는 놈과 연루가 되어 있으면 도망쳐 버릴 지도 몰랐다. 나는 급히 차를 몰고 다시 서울로 향했다.

하루가 꼬박 지났다.

선배가 걱정이 돼서 병원의 형사들에게 연락을 했다. 다행히 선배는 다른 특별한 것 없이 계속 회복 중이라고 들었다. 그리고 형사들이 의사가 말하기를 선배는 빠른 속도로 회복을 하고 있어서 며칠 후에는 조금씩 말을 할 수 있을 것 같다고 했음을 내게 전해줬다.

잠도 안자고 달려온 혜화동에서 나는 쉽게 박태연의 고깃집을 찾을 수 있었다. 남원 경찰서에서 받아온 주소는 정확하게 그 가게를 가리키고 있었다.

조금 떨어졌지만 가게의 모습이 잘 보이는 곳에 주차를 하고 가게를 가만히 지켜봤다. 별다른 특이한 점이 있는 가게는 아닌 것 같았다. 그냥 평범한 고깃집이었다.

간판에는 '맛있는 집'이라고 쓰여 있었다.

한참을 지켜보았다. 시간이 얼마나 흘렀을까, 가게에서는 저녁 장사를 준비하는 듯한 움직임이 보였다.

간판에 불이 켜졌다. 가게 문이 열리고 종업원인 듯한 사람이 나와서 빗자루질을 했다.

나는 차에서 내려서 가게 쪽으로 걸어갔다. 그리고 얼마 안 걸어서 가게 앞에 도착을 했다.

"저기요. 지금 영업 하시나요?"

나는 종업원인 듯한 사람에게 물어봤다.

"네? 아, 네. 들어오세요."

나는 곧장 고깃집 안으로 들어갔다. 맛있는 냄새가 났다. 그러고 보니 며칠 동안 밥을 제대로 먹질 못했다. 고깃집 특유의 냄새 때문에 배가 급격하게 고프기 시작했다.

"어서 오세요."

주방 쪽에서 소리가 들리고 한 여자가 걸어 나왔다.

그 여자. 박태연이었다.

남원 경찰서에서 본 사진 속의 얼굴이다. 주머니에서 핸드폰을 꺼내고 전화를 했다.

"아! 네, 사장님, 저 임강철입니다."

내가 통화를 시작하자 박태연은 내 앞에 물과 물수건을 놓고는 다시 주방으로 들어갔다.

나는 힐끔 주방 쪽을 쳐다보았다.

"아! 네."

전화기 너머 박태연의 오빠 그러니까 차량 정보를 알려준 식당 사장의 음성이 들렸다.

"사장님 며칠 전에 동생분이 지방으로 내려갔다고 하셨죠?"

"네, 그런데요?"

"혹시 지금도 지방에 있습니까?"

나는 살짝 사장을 떠 봤다.

"글쎄요……. 잘 모르겠네요. 보통 저한테 연락을 잘 안 해요. 전화도 잘 안 받고요."

사장의 목소리를 들어봐서는 거짓말은 아닌 것 같았다.

"아, 네. 알겠습니다."

"왜요? 연락이 되면 형사님께 연락 드릴까요?"

"아니요. 괜찮습니다."

나는 얼른 전화를 끊었다. 사장이 내게 다시 연락할 필요는 없다. 지금 만났으니 말이다.

잠시 메뉴판을 봤다. 다른 것은 대체로 금액이 저렴했다. 수입산 고기를 쓰고 있다는 표시가 메뉴판에 적혀 있었다. 그런데 한 세트만 고기 값이 많이 비쌌다.

"저기요."

박태연을 불렀다. 그런데 언제 들어왔는지 뒤에 종업원이

다가왔다.

"네, 뭘로 드릴까요?"

잠깐 당황을 했지만 자연스럽게 주문을 했다.

"된장찌개 하나 주세요."

"네. 잠시만 기다리세요."

왜 된장찌개를 시켰는지 나도 몰랐다. 그냥 갑자기 떠오른 메뉴가 된장찌개였다.

가게 주변을 둘러봤다. 그냥 평범한 가게였다. 굉장히 깨끗한 가게는 아니었지만 나름 정리가 잘 된 가게처럼 보였다. 음식이 나오기 전까지 곰곰이 생각을 했다. 박태연의 오빠는 박태연이 분명 며칠 전 여수의 정육점에 내려갔다고 했다. 박태연이 운영한다고 말했었다. 그런데 소유주가 김성균이라…….

어느새 종업원이 음식을 들고 나왔다. 박태연은 계속 주방에 있는 듯 보였다.

"음식 나왔습니다. 손님."

종업원은 음식을 차례대로 테이블에 놓았다.

"저기요. 혹시 여기 이 세트는 무슨 세트인가요?"

나는 메뉴판을 펼쳐서 손가락으로 한 세트 메뉴를 가리키고 물었다.

"아 그거는 이것저것 부위인데 그날그날 사장님 맘대로 정해서 드리는 세트예요."

"그럼 오늘은 어떤 부위들인가요?"

"그거 시키시면 사장님이 직접 가져다 드리고 설명해 주실 거예요."

박 태연을 부를 수 있는 기회였다.

"아! 그러면 이 세트도 하나 가져다 주세요."

"그거 양이 많은데 괜찮으세요?"

종업원은 놀라며 걱정스런 눈빛으로 대답했다.

"네, 괜찮아요."

그렇게 주문을 하고 된장찌개를 조금 떠 먹었다. 맛있었다. 오랜만에 집 밥을 먹는 느낌이었다.

십여 분 정도 먹었을까 한 무리의 손님들이 들어왔다. 그리고 또 한 팀, 또 한 팀……

가게는 순식간에 손님들로 꽉 찼다. 분명히 내가 처음 들어올 때는 손님이 없었는데 금방 자리가 없이 꽉 차기 시작했다.

가게는 정신 없이 돌아가기 시작했다. 이 많은 손님들을 종업원과 사장 두 명이 감당을 하고 있다는 게 신기할 따름이었다.

"고기 나왔습니다."

커다란 접시에 엄청 많은 양은 아니지만 꽤 많은 양의 고기가 있었다.

"손님 혼자서 괜찮으시겠어요?"

박태연이다. 나는 잠시 여자의 얼굴을 보았다. 수수해 보이는 얼굴에 착하게 생겼다. 나쁜 인상은 전혀 없어 보였다.

"아……, 네. 괜찮아요. 천천히 먹으면 되죠."

여자는 고기를 부위별로 설명을 하기 시작했다. 귀에는 설명이 하나도 들려오지 않았다. 오로지 무슨 관계일까 하는 생각만 들었다.

"손님?"

"네?"

"더 필요한 건 없으세요?"

너무 생각에 집중해서인지 무슨 말을 들었는지 기억을 못 했다.

"아……, 네. 괜찮습니다."

여자는 싱긋 웃고는 뒤를 돌아 주방으로 걸어가려고 했다. 그 때 내가 여자를 불렀다.

"박태연 씨?"

여자는 움찔하고 놀라더니 휙 하고 뒤를 돌아 나를 쳐다 봤다.

"누구……세요?"

"잠깐만 앉아서 이야기할 수 있을까요?"

나는 가게 영업이 끝날 때까지 그렇게 테이블에 앉아 기다
렸다.

take 1

두 명의 형사들은 내 침상에서 조금 떨어진 곳에 서서 뭔
가 조그만 목소리로 말을 주고받았다.

형사 중 한 명의 전화가 울렸다.

"네……, 네, 알겠습니다."

전화 통화를 마친 형사 한 명이 다른 동료 형사를 끌고 내
병실을 나갔다. 불안감이 계속 쌓여갔다.

잠시 후에 밖에서 소리가 들렸다. 형사들이 의사와 뭔가
이야기하는 소리인 것 같았다.

다시 병실 문이 열리고 의사가 들어왔다.

"검사는 다 끝났으니까 결과가 나올 때까지 조금 더 기다
리면 됩니다."

"네……."

"아! 그리고 저녁은 조금씩 먹어도 되니까 조금 이따가 밥
을 가져다 줄게요."

말을 마친 의사가 병실을 나가고 나는 다시 누웠다. 검사

를 받고 피곤했는지 스르르 잠이 들었다.

병실 문이 열리는 소리에 잠에서 깼고 밥이 들어왔다. 무척이나 배가 고팠던 나는 허겁지겁 밥을 먹기 시작했다.

다시 병실 문이 열리고 형사가 들어왔다.

"김성균 씨, 오늘은 자고 내일 다시 이야기합시다."

짧은 말을 마치고 형사는 다시 나갔다. 내일 무슨 이야기를 하려고 하는지 걱정이 되고 두려웠다.

경찰들이 뭔가를 알고 있는 눈치인 것 같은데 도무지 이야기를 안 하고 조심스럽게 행동을 하니 답답해져 갔다.

그놈은 지금 어디에서 뭘 하고 있을까. 내가 지금 이렇게 된 마당에 편하게 있을 수 있을까 하는 생각이 들었다. 조사를 받고 내가 전부 이야기를 하면 그놈은 잡힐 거다. 그러면 혹시 내게 일어난 지난 일들에 관해서 궁금했던 점이 풀리지 않을까라는 생각이 들었다. 그런데 한편으론 전부 이야기를 하면 나는 지금 이 사건에 대한 벌보다 더 큰 벌을 받을 것이다. 아마 사형이 내려지겠지…….

나는 호출을 해 간호사를 불렀다. 수면제를 투약 받았다. 지금은 그냥 아무 생각 없이 잠이 들고 싶었다.

take 2

형은 계속 정신없이 누워 있었다. 한 번 주사를 놓으면 10시간 정도 움직이지 않는 것 같았다. 형이 깨어날 쯤 비몽사몽 한 형에게 다시 한 번 주사를 놓았다.

밤이 올 때까지 기다렸다가 11시가 넘어서야 셔터 문을 살짝 열고 나갔다. 형의 주머니에서 차 키를 빼서 형이 주차해 놓은 곳으로 갔다. 차를 움직여 정육점 앞에 대고 안으로 들어가 형을 차 안에 태웠다.

나는 형을 태운 차를 타고 다시 서울로 올라갔다.

서울에 도착한 나는 내 집으로 형을 끌고 들어갔다. 소파에 형을 눕혀 놓고 나는 그 옆에 누워 잠을 잤다.

얼마 자지 않고 깼다. 형이 일어나기 전에 내가 먼저 일어나야 했다. 일어나서 화장실로 가 얼굴을 봤다. 얼굴이 많이 상해 있었다. 거실로 나와 냉장고 안에서 이것저것 꺼내 먹었다.

"으으윽……."

형의 신음 소리에 나는 형을 보았다. 머리를 부여잡고 일어나는 형을 보니 조금 안쓰럽기도 했다. 어쩌다 우리가 이 지경이 됐는지 모르겠다. 순간의 실수와 그것을 만회하려는 행동 그리고 돈. 이 모든 것은 그것들 때문에 생긴 것이다.

"일어났어?"

"어……, 뭐야……, 여기 어디야?"

"어디긴 내 집이지."

"으으윽……. 머리가 왜 이렇게 아프지?"

"형이 요즘 너무 무리했나 봐."

형은 여전히 아픈 머리를 잡고 있었다.

"분명히 정육점에서 너 하고 이야기하고 있었는데……. 갑자기 왜 여기에 있는 거야?"

"형이 갑자기 말하다 말고 쓰러졌어. 서울로 올라가야 되는데 쓰러진 형을 두고 갈 수가 없어서 차에 태워서 여기까지 같이 올라온 거야."

"뭐? 내가 갑자기 쓰러졌다고?"

"그래. 나도 얼마나 놀랐는지 하루 종일 깨워도 안 일어나더라고. 일단 화장실에 들어가서 좀 씻어."

형은 어리둥절한 모습으로 머리를 부여잡고 천천히 일어났다.

"그런데 머리는 왜 이렇게 아픈 거야?"

"넘어지면서 머리를 바닥에 부딪쳤어. 그래서 그런 걸 거야."

"그런가……."

형은 화장실로 천천히 걸어 들어갔다.

밤이 될 때까지 형과 나는 말이 없었다. 밤이 되고 나는 나갈 준비를 했다.

"어디 가?"

형이 말했다.

"누나 가게."

"……."

형은 말없이 고개만 끄덕였다. 준비를 마친 나는 현관문을 열고 밖으로 나왔다.

발걸음을 재촉해서 누나의 가게로 향했다.

"왔어?"

누나가 반겨줬다. 장사는 벌써 끝나서 정리를 하고 있었다. 나도 정리를 도왔다.

"누나. 이거 받아."

주머니 속에서 통장을 내밀었다.

"아……, 미안해 매번……."

"아니야. 그리고 오늘은 물어볼 것이 있어서."

"뭔데?"

"누나 저번에 왔었던 사채업자 아저씨들 전화번호 있지? 그것 좀 줘봐."

놀란 토끼 눈으로 누나는 나를 쳐다보았다.

"왜 갑자기? 안돼. 위험해."

"아니야. 돈 내가 다 갚으려고 그러는 거야."

누나는 내 말에 잠시 망설였다. 아마도 나에게 미안해서 그런 것 같았다. 그래도 누나의 돈을 갚아준다고 말했으니 나는 그 말을 꼭 지키고 싶었다.

"빨리 번호 줘봐."

누나는 마지못해 핸드폰을 꺼내서 번호를 찾아 나에게 불러 주었다.

"너……, 무슨 일 생기면 안돼! 알았지?"

내 걱정을 해주는 누나가 너무 예뻐 보였다. 나는 고개를 끄덕였다.

잠시 누나가 가게 정리를 하고 있을 때 나는 잠깐 뒷문으로 나갔다. 그리고 누나에게 받은 업자들의 전화번호를 눌렀다. 신호음이 가고 전화를 받았다.

"여보세요?"

"네. 저 '맛있는 집' 주인인데요."

"뭐? 무슨 집?"

말이 짧다. 기분이 나빠지기 시작했다.

"고깃집 이름 '맛있는 집'이요. 여기 여자 사장님이 돈 빌렸죠?"

"고깃집? …… 아! 그 예쁘장하게 생긴 여자 사장?"

"네."

"그런데. 근데 당신은 뭐요?"

"저는 여기 공동 사장입니다. 제가 나머지 돈 다 갚을 테니까 바로 건너오시죠."

"아따, 지금 바로 갚는다고? 시간이 늦었는데? 그냥 통장으로 넣으쇼."

"그냥 현찰로 지금 드릴 테니까 오세요."

"아, 그냥 통장으로 넣으라니까."

조금씩 화가 쌓이고 있었다.

"이 새끼야……, 지금 현찰로 준다니까……. 빨리 와라."

전화기 너머 목소리가 갑자기 조용해졌다.

"야! 너 뭐냐? 너 시방 새끼라고 했냐? 이런 개새끼가! 너 거기 딱 기다리고 있어라."

나는 전화를 끊고 가게로 다시 들어갔다.

"누나, 나 그만 먼저 들어가볼게."

"어? 벌써? 밥이라도 먹고 가지 왜?"

"아니야. 몸이 좀 안 좋아서 들어가서 쉬려고."

"그래……, 그럼 빨리 들어가서 좀 쉬어. 그리고 정말 고마워."

나는 가게를 나와 집으로 향하면서 사채업자에게 문자를 보냈다.

[우리 집으로 와라. 기다리고 있을 테니까.]

주소를 같이 찍어서 문자를 보내고는 집으로 빠른 걸음으로 갔다.

딩동딩동

초인종이 울렸다. 현관 문구멍으로 밖을 보았다. 두 명의 험상궂은 아저씨가 서있었다.

"누구야?"

소파에서 일어난 형이 말했다.

"아는 사람."

"아는 사람 누구?"

형은 긴장한 기색이 역력했다. 나는 대답 없이 냉장고에서 반찬통을 꺼내서 테이블 위에 올려 놨다. 그리고 방 안에 들어가서 쇠 파이프를 꺼내 들었다.

초인종 소리가 계속 나고 조금 후에 문을 두드리는 소리가 들렸다. 형은 겁에 질린 표정으로 현관문을 뚫어지게 바라보았다. 그렇게 형이 정신없이 현관문을 바라보는 사이에 나는 조용히 방에서 나와 형의 뒤통수를 갈겼다. 한 번에 풀썩하고 쓰러졌다. 테이블 위 반찬통에서 주사기를 꺼내 침착하게 형의 팔에 주사를 놓았다.

딩동딩동. 쾅 쾅 쾅.

현관문이 시끄럽게 울렸다. 나는 문을 열었다.

"야, 너, 고깃집 그 새끼야?"

문을 열자마자 튀어 들어온 남자 두 명 중 한 명이 나에게 물었다. 목소리를 들으니까 아까 나와 전화를 하던 놈이 맞다.

"응."

순식간에 두 놈의 머리로 서너 번 쇠파이프를 휘둘렀다.

워낙 순식간에 또 강하게 휘둘렀는지 아주 크고 둔탁한 소리를 내며 두 녀석이 쓰러졌다. 쓰러진 녀석들을 향해 미친 듯이 쇠파이프를 휘둘렀다.

십여 분이나 지났을까, 한 놈은 정신을 잃고 미동도 없었고 한 놈은 끙끙대며 말도 못하고 신음소리만 내고 있었다.

"씨x 새끼가……. 반말은."

잠이 들었나 보다. 주위는 온통 깜깜했고 싸늘한 공기가 온몸을 휘감았다.

눈을 비비고 일어나서 어둠에 시야가 익숙해질 때까지 잠시 앉아 있었다. 점점 주위가 보이기 시작했고 옆에는 주사기가 나뒹굴고 있었다.

"뭐야……. 아직 다 정리를 못했나……."

천천히 일어나서 주변을 정리하기 시작했다. 그 때 형이 일어나는 소리가 들렸다. 나는 화장실 불을 켰다.

"으악! 뭐야 이게?"

형의 외마디 비명소리가 들렸다.

나는 화장실에서 수건을 들고 나와 방바닥을 닦기 시작했다.

"너……, 또 무슨 짓을 한 거야?"

미쳐버릴 것 같다는 표정의 형을 뒤로하고 나는 영혼 없는 표정으로 말했다.

"안 닦고 뭐해?"

형은 벌떡 일어났다. 그리고 나를 노려봤다.

"야! 너…… 자꾸 왜 그래?"

가라앉은 목소리로 형이 말했다. 몰라서 묻는 말인가 싶었다.

"뭘 왜 그래. 납품 안 할 거야?"

take 3

"차량은 박태연씨가 팔았습니까?"

"네. 제가 팔았는데요. 왜요?"

아직까지 무슨 영문인지 모르겠다는 표정으로 대답했다.

"판매한 사람이 누굽니까?"

"네? 판매한 사람이요?"

"네. 구매자가 누구입니까?"

"잠시만요."

여자는 일어나서 카운터 서랍을 뒤지기 시작했다. 그러더니 이내 당황한 기색으로 말했다.

"아…… 저……, 집에 놓고 온 것 같은데 집에 가서 서류 보고 말씀드려도 될까요?"

"네, 알겠습니다. 그럼 확인해보시고 말씀해 주세요."

여자는 민망한 듯 살짝 웃으며 다시 자리에 앉았다.

"혹시 여기 가게 말고 다른 곳에 또 가게나 뭐 운영하시는 것 있으세요?"

"네. 여수에 제가 운영하는 정육점이 있어요."

슬슬 본론으로 들어가야 할 것 같았다.

"실소유주 되시나요?"

"아니요. 거기 사장님은 따로 계세요. 저는 매니저식으로 운영만 하고 있어요."

"매니저식은 뭡니까?"

"아 사장님이 거의 안 나오셔서 제가 거의 운영하다시피 하고 있어요. 사장님이 전부 맡겼어요."

"사장님 이름이 어떻게 되나요?"

"김성균이요."

김성균이 사장이라는 것은 확실해졌다. 박태연 씨는 사장이 지금까지 어디에서 뭘 했는지 아무것도 모르는 눈치였다.

"요 근래에 사장님은 만나보셨어요?"

"음……. 아니요. 마지막으로 본 것이 한 몇 개월 전인 것 같아요."

"사장님은 평소에 성격이 어떠셨나요?"

여자는 한참을 생각했다. 선뜻 대답을 못하고 있었다.

"잘 몰라요?"

"음……. 그냥 좀 조용한 성격이에요. 딱히 말을 많이 안 해봐서 잘 모르겠어요. 막 별나거나 특이한 분은 아닌 것 같았어요."

"사장님에 대해 또 뭐 아는 것이 있나요?"

"음……. 잘 기억이 안 나지만 가끔 보면 어딘가 홀린 사람처럼 멍하게 서있고 그런 것 같았어요."

어딘가 홀린 사람처럼 보였다는 얘기가 무슨 말인지 모르겠다.

"박태연 씨, 여수에는 자주 내려가시나요?"

"자주는 아니고 한 달에 서너 번 정도 내려가요."

"그러면 거기에서 고기를 가지고 오시는 건가요?"

"아니요. 저는 거기에 가끔씩 결산만 하러 내려가요."

"무슨 결산이요?"

"가끔 사장님이 연락하면 제가 내려가서 가게 운영비하고 세금 이런 것을 관리하고 있어요."

나는 의아했다. 결산만 하려고 그 먼 곳까지 왔다 갔다 하는 것이 이해가 안 됐다.

"그 먼 거리를 그것 때문에 가시는 건가요?"

"아……, 꼭 그것 때문은 아닌데요……."

가게를 나왔다. 밤이 늦었는데 쉬고 싶지는 않은 기분이었다. 착잡했다. 여기서 얻어낸 것은 얼마 없었다. 사실 용의자도 아니고 피해자도 참고인도 아니어서 심하게 질문을 할 수 없었다. 이 정도까지 이야기를 해준 것만으로도 다행이었다.

담배를 한 대 피워 물었다. 밤 공기가 습했다. 곧 비가 올 것 같았다.

걸어서 차로 향했다. 차에 시동을 켜고 선배가 있는 병원으로 출발했다. 갑자기 선배가 보고 싶어졌다.

아까 전 여자의 말이 머릿속에 맴돌았다.

잠시 편의점에 들러 소화제를 하나 사서 마셨다. 저녁을 먹은 것이 체한 것 같았다. 전화가 울렸다.

"임 형사님?"

강 형사였다.

"응."

"지금 서울에서 형사들이 몇 명 왔는데 그 김성균이라는 사람 주거지를 확인해갔습니다."

여기 형사들이 여수로 직접 내려갔나 보다. 먼 길까지 고생이 많다는 생각이 들었다.

"응. 잘 협조해 줘."

"그런데 이 사람 실거주지가 여수에 없어요. 서울에 있고요, 여수에는 저희가 알고 있는 정육점밖에 없습니다."

주거지가 서울이고 여수에는 정육점밖에 없다고?

"그럼 정육점에 집이 같이 딸려 있나 보지."

"아……, 네, 알겠습니다."

"잘 협조해주고 수시로 정육점은 신경 써봐."

전화를 끊었다. 어느샌가 선배의 병원에 도착을 했다. 주차장에 주차를 하고 천천히 병실을 향해 걸어가다가 문득 좀 전에 내가 했던 말이 떠올랐다.

'정육점에 집이 같이 딸려 있다……?'

take 2

두 구의 시신을 차에 싣고서 형을 여수로 보냈다. 나머지 정리는 혼자 했다. 정리를 마치고 조용하게 소파에 앉았다. 이제부터는 누구든지 내 집에 들어오면 닥치는 대로 죽여버리고 싶었다. 밤이 올 때까지 조용히 쥐 죽은 듯 소파에 누워 있었다. 배고픔도 느끼지 못했고 아무런 생각도 들지 않고 감정도 느껴지지 않았다. 그냥 조금 피곤한 기분이 들었다.

정확하게 저녁 8시에 소파에서 다시 일어났다. 옷을 주섬주섬 챙겨 입고 모자를 눌러쓰고 현관을 나섰다. 밤 공기가 습했다. 비가 올 것 같은 느낌이었다.

택시를 타고 여수로 갔다. 여수에 도착했을 쯤 비가 내리기 시작했다. 먼저 도착한 형에게 전화를 해 정육점 안으로 들어갔다.

"어디 놔뒀어?"

형에게 물었다.

"아직 차 트렁크에 있어."

"꺼내 와."

"이제 그만해 성찬아……."

화가 치밀었다. 그러나 꾹 참았다.

"형……, 꺼내 와. 어쩔 수 없어."

힘이 없어 보이는 형은 멍하니 나를 바라보다가 일어나서
셔터 밖으로 나갔다. 잠시 후 자동차 소리가 들렸고 나는 셔
터를 반쯤 열고 나갔다. 빗방울이 점점 거세지고 있었다.

"옮기자."

형과 나는 트렁크에서 한 구 한 구씩 같이 들어 안으로 옮
겼다.

시신을 전부 옮기고 나는 음료수를 형에게 권했다. 음료수
를 받아 벌컥벌컥 마시던 형은 얼마 안 가 그대로 방 안에 쓰
러져 잠이 들었다.

주사기만 있는 건 아니다.

이번에는 시간이 조금 짧게 걸렸다. 모두 해체를 하고 나
니 시간이 조금 남았다. 가만히 셔터 앞에 앉아 빗소리를 들
었다. 오랜만에 들어보는 빗소리인 것 같았다. 어렸을 때는
비가 굉장히 싫었다. 비가 오면 신발이 젖었고 신발과 옷이
젖으면 나는 항상 아버지에게 두드려 맞았다. 한참을 맞다
보면 나중에는 별로 아프지도 않았던 것 같다. 엄마는 계속
말리고 우는 나를 달래주었는데 그때마다 아버지는 더욱더
나를 심하게 때렸다. 그때부터 비가 싫어졌던 것 같았다.

셔터 앞에서 빗소리를 계속 듣고 있으니 어렸을 적 생각에

울적해졌다.

삐비빅

시계 알람 소리가 울렸다. 나는 일어나서 누워있는 형을 깨웠다.

"일어나."

꿈틀거리는 형을 보고 있으니 갑자기 어렸을 적 아버지의 모습이 보이기 시작했다.

"일어나라고 씨x."

"으……응……?"

어기적 어기적 일어나는 형의 모습을 보니 화가 났다.

"빨리 출발해."

"어……, 이번이…… 마지막이지?"

"마지막이야."

형은 숨을 고르고 일어나서 셔터 밖으로 나갔다. 멀어져 가는 형의 모습을 보았다.

'재수없는 새끼……. 지 혼자 착한 척은…….'

얼마 후 자동차 출발 소리가 나고 그렇게 점점 소리가 멀어졌다. 다시 며칠이 지났다. 당분간 형은 오지 않았다. 나는 아무것도 하지 않고 며칠 동안 시간만 죽이고 있었다.

어느 날 밤 밤늦게 정육점 앞에 자동차가 멈추는 소리가 들렸다. 핸드폰이 울렸다. 형이다.

"어쩐 일이야?"

갑자기 찾아온 형에게 물었다.

"엄마가 아프셔……."

"어디가?"

"암……이래……."

나에게 엄마는 전부였다. 비록 지금은 떨어져 살고 자주 안부를 묻지 못했지만 항상 걱정이 되고 보고 싶었다. 그런데 지금은 그럴 수가 없다. 상황이 상황인지라 쉽게 엄마를 만날 수 없다.

"갑자기? 병원에 있어?"

형은 말이 없었다.

"말해 봐! 지금 엄마 어디에 있어?"

"집에……계셔……."

"병원에서는 뭐래?"

"많이 좋지 않아서 딱히 손을 쓸 방법이 없대……. 길어야 일이 년 정도라고……."

길어야 2년? 엄마가 불쌍했다. 한평생을 고생만 했는데 이렇게 암에 걸려 죽는다니 말도 안 됐다. 그렇게 아버지 밑에서 고생만 하고 이제야 아버지 없어서 살만한가 했는데 말이다. 어렸을 적 내가 자주 했던 말이 문득 떠올랐다. 엄마가 나중에 죽으면 나도 따라 죽을 거라고 그리고 내가 죽으면 엄마도 따라 죽겠다는 엄마의 말. 학교 다닐 때도 친구들은 항상 나에게 마마보이라고 놀리곤 했었다. 그래도 이상하게 그런 말을 들을 때마다 엄마가 더 좋았고 의지하고 싶었다.

"알았어……."

나는 의자에 털썩 앉아 곰곰이 생각을 했다.

"형."

"왜?"

"엄마하고 자주 통화해?"

"가끔 하고 있는데……."

"나 이제 군대 가니까 엄마 잘 보살펴 드려."

이제 코 앞으로 다가온 군대. 내가 다시 돌아오는 날까지 엄마가 살아 있을지 걱정이 됐다.

"언제 가는데?"

"내일 모레."

"뭐?"

"내일 모레 간다고."

"알았어. 엄마 너무 걱정하지 마. 내가 잘 돌보고 있을게."

무덤덤한 목소리로 형은 말했다. 나를 안심시키려고 그렇게 말을 한 것 같았다.

"엄마 병원비나 약값은? 안 모자라?"

"괜찮아. 내가 벌면 돼."

"어떻게 벌건데?"

"택시라도 하려고."

한참을 형하고 이야기를 하고 있는데 누나에게 연락이 왔다. 새벽시간에 갑자기 연락이 와서 불안했다. 나는 형의 말을 끊고 전화를 받았다.

"여보세요?"

"성찬아……, 나 아파…….."

누나의 힘없는 목소리에 나는 순간 눈앞이 아찔해졌다.

"어디가? 왜? 무슨 일이야?"

"모르겠어. 갑자기 숨이 안 쉬어져…….."

이 말을 끝으로 전화가 끊겼다. 나는 너무나 당황했다.

"형! 나 서울에 좀 데려다 줘. 지금 당장!"

"왜? 무슨 일인데?"

"누나가 아프다고 말하고는 전화가 끊어졌어……. 숨이…… 안 쉬어진대…….."

형과 나는 서울로 달렸다. 나는 차 안에서 눈물 콧물을 흘리며 거의 절규하다시피 소리질렀다.

내가 좋아하는 두 사람이 전부 아프다. 어쩌면 금방 내 곁을 떠날지도 모른다…….

서울로 올라가는 시간이 너무나 길게 느껴졌다. 계속해서 올라가는 중간중간에 누나에게 전화를 걸었지만 받질 않았다. 두려움이 정신을 완전히 지배했다. 나는 점점 이성을 잃고 있었다.

take 1

"김성균 씨."

누군가 부르는 소리에 잠에서 깼다. 눈을 떠 보니 주위에 의사와 간호사의 모습이 보였다.

"어제도 수면제를 투약 받았다고요?"

의사의 질문에 잠시 생각을 했다.

"아……네."

어제 수면제를 투약 받고 나서 기억이 없다. 금방 잠이 들었었나 보다.

"점심 먹고 나서 병실을 옮길 거예요."

"네? 어디로……."

의사는 수액 줄을 천천히 살펴보다가 말했다.

"8층으로 올라 갈 겁니다. 거기에서 결과 보고 다시 이야기합시다."

8층으로 올라가면 뭐가 있는지 궁금했다. 일반 병실인가? 아니면 다른 무슨 검사가 있는 걸까?

분위기상 물어보기가 힘들었다. 주위에는 형사들도 있었다.

"네."

의사와 간호사가 나갔다. 하지만 형사들은 그대로 병실에 남았다. 뭔가를 질문할 것 같았다. 형사들이 질문을 할 때마다 이제는 심장이 터져버릴 것 같았다.

"김성균 씨?"

"네?"

"어머니 계시죠?"

"어머니? 네……, 그런데요?"

"어머니 지금 어디 계신 줄 알아요?"

어머니가 사는 곳을 물어보는 것 같았다. 어머니에 대한 이야기를 하니 겁이 덜컥 났다.

"어머니는…… 여수에 계십니다."

형사들은 어이가 없다는 듯 서로 얼굴을 마주보았다. 혹시 엄마가 돌아가신 건 아닌지 불안했다.

"김성균 씨 어머니 돌아가셨습니다."

나는 크나큰 충격을 받았다. 몇 년 전 암으로 오래 살진 못할 것을 알았지만 갑자기 내게 이런 일이 생겼을 때 돌아가시다니 참으로 슬펐다. 엄마가 돌아가시는 모습도 지키지 못한 나쁜 자식이 되어버렸다.

나는 한 동안 충격에서 헤어나오지 못하고 눈물을 흘렸다.

"김성균 씨."

형사들이 다시 내 이름을 불렀다.

"네⋯⋯."

"당신을 어머니의 뺑소니범으로 추가 체포합니다."

이게 무슨 말인가. 뺑소니범이라니⋯⋯. 어머니는 분명 여수에서 암 투병 중이었는데 어떻게 내가 차로 치었단 말인가. 말도 안 되는 소리였다. 분명히 이 형사 놈들이 뭔가 나에게 실수를 하고 있는 것 같았다. 아니 나를 이상한 쓰레기로 만들고 있는 것처럼 느껴졌다.

"제 어머니는 암 투병 중이어서 집에 계실 텐데요⋯⋯. 말도 안 됩니다."

형사들이 한숨을 쉬더니 그 중 한 명이 나에게 말했다.

"기억이 안 나는 것 같군요. 뭐 그 정도 사고를 냈으니 제 정신은 아닌 것 같네요. 일단 병실 옮기고 추가 조사합시다. 그리고 김성균 씨는 지금부터 서에서 조사받을 필요 없습니다. 여기 병원에서 계속 조사받으면 됩니다."

"네? 그게 무슨⋯⋯."

형사들은 내 말이 끝나기도 전에 병실을 나가버렸다. 형사들이 나가고 한참을 울었다. 무서운 기억이 내 전체를 집어

삼키고 있는 것 같았다.

take 3

간호사의 안내를 받아 병실로 들어갔다. 선배는 조금 더 회복된 모습이었지만 여전히 힘들게 누워있었다.

"보호자분, 아마 이틀 정도 뒤면 간단한 말을 하실 수 있으실 거예요."

"아. 감사합니다."

간호사가 나가고 나는 선배를 가만히 보았다. 선배는 자고 있는 것 같았다. 선배의 손을 살짝 잡아봤다. 손이 많이 상해 있었다.

병실을 나왔다. 병실 앞을 지키고 있던 형사들에게 감사의 인사를 건넸다. 형사들도 고개를 숙여 인사를 하고 나를 애처로운 눈빛으로 바라보았다.

병원 밖으로 나가서 차가 있는 곳으로 걸어갔다. 걸어가면서 다시 눈물이 나와 한참을 울었다. 지금까지 경찰생활을 하면서 한 번도 주위의 사람이 심하게 다치거나 죽었던 적이 없었다. 그만큼 지금의 일은 나에겐 큰 쇼크였다.

차에 타서는 눈물을 닦고 다시 생각했다.

아까 박태연이 한 말이 계속 머릿속을 맴돌았다.

"그 먼 거리를 그것 때문에 가시는 건가요?"

"아……, 꼭 그것 때문은 아닌데요……."

"그럼 다른 이유도 있으신가요?"

"사실은……, 제가 그 정육점을 다시 인수하려고 준비 중에 있었어요. 전 남편의 가게였는데 남편이 행불이 되고 그후 이런저런 사정으로 경매에 넘어갔거든요. 제가 돈이 없어서 이러지도 저러지도 못했는데 지금 사장님이 저에게 제안을 했어요."

"어떤 제안이요?"

"그냥 한 달에 며칠씩 내려와서 운영비 등 전체적으로 관리를 하면 몇 년 후에 정육점을 저에게 넘기겠다고요."

"아……, 그렇군요. 지금 그 정육점에는 사장님하고 박태연 씨 말고 다른 분이 근무하고 계시나요?"

"아니요. 제가 없으면 거의 사장님이 계시는 것으로 알고 있는데요."

강 형사가 한 말이 떠올랐다. 요 며칠간 24시간 지켜봤지만 아무도 없다고 했다. 아마도 박태연 씨가 없고 김성균도 병원에 있어서 아무도 없었던 것 같았다.

"아. 네, 알겠습니다. 말씀해 주셔서 감사합니다. 혹시 다른 특이사항이 있으면 언제든지 연락주세요."

"네."

내가 음식값을 지불하고 나가려는 찰나 등 뒤에서 박태연이 말했다.

"아! 그 사장님한테 동생이 한 분 있는 것 같아요."

"동생이요?"

"네. 동생이 있는 것 같은데 딱히 제가 많이 물어보지 않아서 잘 모르겠네요."

나는 식당을 나왔다. 거기까지였다. 박태연의 이야기는.

시동을 켜고 여수를 향해 내려갔다. 딸아이가 무척 보고 싶었다.

take 2

누나의 가게에 도착했을 때 가게는 문이 굳게 닫혀 있었다. 어쩔 수 없이 집으로 향했다. 불안감은 더욱 커지고 온몸이 떨렸다. 잠도 못 자고 뜬눈으로 꼬박 반나절을 보냈다.

저녁이 되고 나는 다시 가게로 갔다. 역시나 불이 꺼져 있었다. 이렇게 영영 못 만나게 될 것 같은 느낌이었다.

내일이면 나는 군대에 갈 것이다. 가기 전에 이런 거지 같은 일이 일어나리라곤 생각지도 못했다.

집으로 돌아왔다. 방에 들어가 이불을 끝까지 덮고 흐느껴 울기 시작했다. 계속 울다 보니 묘한 감정이 생겼다.

'아니 씨x, 나를 배신하고 도망간 것 아닌가?'

슬픔과 걱정이 분노와 배신감으로 점점 바뀌기 시작했다. 형이 방문을 열고 들어왔다.

"무슨 일인데?"

짜증이 났다.

"아무것도 아니야."

"뭐가 아무것도 아닌데? 여사장은 어떻게 됐는데?"

"몰라. 안 보여. 신경 쓰지 마."

형은 방문을 닫고 조용히 나갔다. 그날 나는 계속 울다가 화내다가를 반복했다. 어느덧 아침이 밝아왔고 그렇게 끝났다. 형은 나를 조용히 배웅했다. 서울의 집은 형이 계속 쓰기로 했다.

"뭐가 됐든……. 잘 있어라……."

그로부터 3년 후.

그녀는 내 정육점을 가끔 왔다 갔다 하면서 가게 운영을 맡아서 일을 하고 있다.

군대를 다녀오고 나는 끊임없이 누나의 가게를 찾아갔다. 그리고 다행히도 그녀를 다시 만날 수가 있었다.

어느 날인가 나는 그녀를 설득했다. 며칠씩만이라도 여수에 내려와서 정육점 일을 도와줄 수 있느냐고. 그녀는 망설였지만 내가 거절할 수 없는 제안을 했다.

조금만 같이 일을 하면 정육점을 넘겨주겠다고 했다. 정육점을 넘겨주고 나는 그녀와 결혼을 할 생각이었다.

그리고 형은 아직까지 나의 굴레에서 벗어나지 못했다. 아니 그럴 수는 없었다. 형과 나는 이미 한 몸이나 다름이 없었다. 형이 조금만 더 버텨주면 나는 이 생활을 접고 다시 원래의 일상으로 아니 그보다 더 행복한 일상을 태연이와 살 수 있었다.

그런데 요즘 자꾸 형이 거슬리기 시작했고 그냥 이쯤에서 형을 남겨두고 떠나기로 마음먹었다. 그러면 이 모든 기억들은 형이 안고 갈 수밖에 없다.

형이 깨어났다. 여기는 여수의 우리 정육점이다.

"어머! 사장님. 오늘 오셨네요."

박태연⋯⋯. 내 여자.

take 3

"임 형사님!"

강 형사가 반갑게 맞아주었다. 오랜만에 돌아온 서는 여전히 정신 없고 너저분했다.

"어, 강 형사. 뭐 다른 소식은 없었어?"

"네. 별 다른 것은 없는데요. 딱히 다른 사건이 없어서요."

나는 내 책상에 앉아서 강 형사가 준 커피를 마셨다. 지난 며칠간 폭풍 같던 시간이 잠시 고요해지는 기분이었다.

"나 집에 가서 잠깐 연수 얼굴 보고 올게."

"아! 네. 좀 더 쉬세요."

"아니야. 이따가 밤에 다시 올게. 이따가 그 정육점 같이 가보자고."

"네? 정육점이요? 왜 거기에 무슨 일 있어요?"

"몰라⋯⋯. 그냥. 서울 형사들은 다 돌아갔나?"

"네. 내일 다시 돌아온다고 말하고 잠깐 다들 올라갔습니다."

강 형사의 말을 뒤로 하고 나는 경찰서 밖으로 걸어 나갔다.

차를 몰고 집으로 향했다.

"아빠!"

잠에서 막 깬 딸아이가 문을 열었다. 아침 일찍 깨운 것 같아서 미안했다.

"아, 미안. 너무 일찍 들어왔지?"

"뭐? 며칠간 집에 들어오지도 않았으면서."

"그렇지……."

연수의 얼굴을 보니 긴장이 풀리고 피로감이 확 몰려왔다.

"아빠 그런데 얼굴이 왜 이렇게 상했어?"

"아……. 조금 피곤해서 그런가 봐."

"빨리 들어와서 씻고 조금 자. 이따가 일어나서 같이 점심 먹자."

나는 샤워를 했다. 며칠 만에 하는 샤워인지 모르겠다. 샤워를 하면서도 머릿속에는 내내 선배의 모습과 김성균 그리고 박태연의 얼굴이 떠올랐다. 아! 그리고 정육점도.

"아빠! 일어나."

순식간에 잠이 들었나 보다. 딸의 큰 목소리에 번쩍 눈을 떴다. 일어나서 창문 밖을 보니 비가 내리고 있었다. 오랜만에 비가 온 것 같았다. 머리맡에 둔 핸드폰을 켜보니 부재중 전화가 몇 통이 와 있었다.

"밥 먹어, 아빠."

"응. 금방 나갈게."

연수가 방을 나가고 나는 부재중 전화 번호로 전화를 연결했다. 통화음이 갔지만 연결이 되지 않았다. 나는 핸드폰을 그대로 놔두고 식탁으로 갔다.

"아빠! 오늘은 집에 있어?"

"응? 아……, 밥 먹고 다시 나가 봐야 할 것 같아."

연수는 입을 삐죽 내밀고 나를 말없이 노려보았다. 그러다가 젓가락을 식탁에 내려놓고는 말했다.

"아빠! 오늘 무슨 날인지 알아?"

연수의 갑작스러운 질문에 살짝 당황했다. 오늘이 무슨 날일까 천천히 생각을 했다.

"잘 모르겠는데?"

잘못한 것도 없는 것 같은데 뭔가 잘못한 느낌이 들었다.

"오늘 아빠 생일이잖아."

벽에 걸린 달력을 봤다. 달력에는 오늘 날짜에 빨간색 동그라미가 그려져 있었다. 아마도 연수가 표시해 놓은 것 같았다. 오늘이 생일인 줄은 몰랐다. 나이를 먹으면서 생일 같은 것은 딱히 관심이 없었다. 그래도 매년 연수가 내 생일을 꼬박꼬박 챙겨줘서 고마웠다.

"아. 그렇구나."

"아, 그렇구나가 뭐야? 그럼 오늘은 나갔다가 언제쯤 들어와?"

"글쎄⋯⋯."

"오늘은 들어오는 거지?"

연수가 걱정스러운 얼굴로 물었다. 연수의 얼굴을 보니 괜히 미안함이 더 커졌다.

"응, 오늘은 들어올게."

"자정 전까지 들어온다고 약속해! 내가 케이크랑 주문해 놨으니까."

"응⋯⋯. 약속할게."

연수와 약속을 하고 나는 먹던 밥을 마저 먹었다.

연수가 설거지를 하고 있을 동안 나는 내 방에서 시간을 보냈다. 책상 위에 있던, 연수와 찍은 사진을 물끄러미 바라보았다. 연수는 매년 내 생일 때마다 내 책상 서랍에 몰래 축하카드를 넣어 놓고는 했다. 나는 서랍을 열어보았다. 거기에는 이번에도 카드가 놓여져 있었다.

[아빠! 생일 축하해! 올해도 건강히 재미있게 살자]

작은 카드지만 기쁨은 크다. 나는 카드를 지갑에 넣고 옷을 갈아입고 나갔다.

현관 앞까지 연수가 배웅을 나왔다.

"조심히 다녀와! 그리고 꼭 오기 전에 전화하고."

"응."

손을 흔들고 있는 연수를 보았다. 오늘은 꼭 약속을 지켜야 되겠다고 생각했다.

빗방울이 조금씩 거세지고 있었다.

"선배님 오셨어요?"

서는 여전히 바쁘게 돌아가고 있었다. 딱히 큰 사건은 없지만 다들 이것저것 하느라 분주하게 움직이고 있었다.

강 형사의 인사에 손짓을 하며 나는 책상에 앉았다. 나는 손목의 시계를 봤다.

"강 형사."

"네, 선배님."

"오늘 뭐 할 거 있어?"

"아니요. 특별한 건 없는데요. 아! 이따가 서울에서 형사들이 온다는 것만 일정이 있어요."

"나하고 정육점에 갈 준비해."

"네? 정육점이요? 지금요?"

"지금 정육점 근처에 계속 수시로 순찰 중이지?"

"네. 아마 그럴 겁니다. 오늘 오전에도 지구대에서 연락 받았어요."

"그래. 저녁 일찍 먹고 이따가 7시쯤 그쪽으로 갈 준비하자고."

take 4

"준비하고 서류 잘 챙겼지?"

서울의 형사들은 하나 둘씩 차에 탔다.

"2개 조로 나눠서 1팀은 여수로 출발하고 2팀은 혜화동으로 출발해."

형사반장의 말에 일사불란하게 경찰들이 움직이기 시작했다. 첫 번째 팀이 떠나고 그리고 두 번째 팀이 혜화동 주소지로 출발을 했다. 2팀의 차 안에서는 반장이 지시를 하기 시작했다.

"온아하고 정수는 김성균 집으로 가서 잘 확인하고 잘 따라붙어. 갑자기 도망치지 않게."

"네."

"나머지는 잠깐 차 안에서 대기하고."

반장의 지시가 끝나자 김온아 형사와 이정수 형사는 차에서 내렸다.

"정수야……, 갑자기 투입됐는데 괜찮겠냐?"

김 형사가 걱정되는 말투로 물었다.

"네. 일단 제가 먼저 혼자 가서 확인해보겠습니다. 괜히 둘이 가면 더 이상할 것 같아요."

"그래, 먼저 출발해라."

이 형사는 2층집이 잘 보이는 골목에 대기를 하고 올라갈 타이밍을 잡고 있었다. 그때 배달 오토바이 한 대가 2층집으로 올라가는 계단 앞에 멈췄다. 배달원은 음식 가방을 들고 계단을 막 오르려던 참이었다.

이 형사는 재빠르게 달려가서 배달원의 옷을 끌어 잡았다.

"저기요, 혹시 2층에 배달 왔어요?"

배달원은 흠칫 놀라며 이 형사를 쳐다봤다. 멀쩡한 사람이 갑자기 다짜고짜 옷을 잡고 끌어 당겨 꽤나 놀랐다.

"네? 아, 네. 2층 집……."

"쉿! 조용히 말해주세요."

배달원은 이 형사의 말에 굉장히 당황했다.

"잠시만 조용히 이리 와보세요."

이 형사는 한 손으로는 경찰 신분증을 꺼내고 다른 한 손으로는 배달원에게 따라 오라고 손짓을 했다. 배달원은 어리 둥절했지만 경찰이라는 말에 얌전히 따라갔다.

"저기, 제가 지금 잠깐 확인할 것이 있는데 잠깐만 그 가방하고 모자 좀 빌려주실 수 있어요?"

"네?"

"지금 잠깐 확인할 것이 있으니까 잠깐 제가 저 집에 대신 배달 갔다가 올게요. 정말 죄송합니다. 딱 5분이면 돼요."

배달원은 이 형사의 부탁에 마지못해 가방과 모자를 벗어 주었다. 이 형사는 모자를 쓰고 배달가방을 들고는 2층집을 향해 올라 가려다 다시 배달원에게 달려와 물었다.

"이거 메뉴가 뭐예요?"

"김치찌개요."

"네, 감사합니다. 금방 다시 올게요."

이 형사는 다시 2층 계단으로 올라갔다. 초인종을 눌렀다.

"누구세요?"

안에서 기척이 들렸다.

"배달이요!"

문이 열렸다.

"어? …… 어?"

"어?"

문을 열고 나온 사람을 보고 이 형사는 놀랐다.

"야! 너 성균이 아니냐?"

이 형사는 김성균을 보고는 매우 놀랐다. 순간 당황을 했지만 표정을 바꿔 반가운 얼굴로 말했다.

"어. 너 혹시 정수냐?"

김성균이 놀라서 말했다.

"그래, 맞아. 인마, 야! 진짜 오랜만이다. 잘 있었냐?"

이 형사의 심장이 마구 뛰었다.

"나는 잘 있었지. 너 여기서 배달하고 있었구나?"

정신이 없고 혼란스러웠다. 음식은 이미 뒷전이었다.

"야! 진짜 오랜만이다. 아! 맞다. 잠깐만"

이 형사는 마음을 가라 앉히고 차분히 배달음식을 꺼내어 놨다.

"야, 근데 나는 네가 여기서 배달하는지 몰랐어. 나 여기서 가끔 시켜 먹었는데……."

"아, 나 요 근래에 여기서 일하기 시작한 거야."

당황하면 안 되었다.

김성균과 이 형사는 고등학교 동창이었고 그 시절에는 꽤나 친하게 지냈었다. 그러다가 고등학교 3학년쯤에 이 형사가 다른 학교로 전학을 가는 바람에 그렇게 연락이 뜸해지다가 결국엔 소식이 끊겼었다.

"야, 아무튼 반갑다. 야, 근데 내가 지금 배달이 많이 밀려서 다른 데 가야 되거든."

이 상황에서 어떻게든 빨리 빠져나가야 했다.

"아, 그래, 얼른 가봐. 또 연락하고."

"그래 연락 할게. 또 보자."

이 형사는 짧게 인사를 하고 다시 돌아 나갔다. 동창을 이렇게 만나게 되니 정말 착잡했다.

바로 계단을 내려와 배달원이 있는 골목으로 발걸음을 옮기던 중 문득 생각이 났다.

'아! 전화번호를 물어봐서 대조해야 하는데……'

다시 급하게 돌아가서 초인종을 눌렀다.

"누구세요? 잠시만요!!"

김성균은 현관문을 열었다.

"아! 정수야?"

김성균은 깜짝 놀랐다.

"아! 성균아!! 미안 미안. 내가 깜박하고 네 번호를 안 물어봤다. 하하."

이 형사는 긴장이 됐지만 최대한 티를 내지 않고 멋쩍은 듯이 머리를 긁으며 웃으며 말했다.

"아, 그렇지. 야, 나도 아까 정신이 없어서 못 물어봤네."

김성균은 방 안에서 핸드폰을 가지고 와서 이 형사에게 말했다.

"너 번호가 뭐야? 내가 입력할게."

이 형사는 김성균이 용의자로 의심을 받고 있기 때문에 번호를 알려줄 수는 없었다.

"아…… 미안 성균아…… 내가 지금 핸드폰이 없어서 혹시 괜찮으면 종이에 네 걸 적어줄 수 있어?"

김성균은 당황했다.

"어…… 그래 잠깐만."

잠시 당황했지만 김성균은 다시 방 안으로 들어가서 종이와 펜을 가지고 나왔다.

번호를 적고 이 형사에게 내밀었다.

"자, 여기."

이 형사는 손을 내밀어 종이를 받아서 한 번 보고는 주머니에 넣었다.

"고맙다, 성균아! 내가 다시 연락할게."

"응, 그래. 연락해."

이 형사는 쓸쓸하게 웃으면서 다시 돌아서 나갔다.

이 형사는 다른 쪽에서 기다리고 있던 김 형사에게 종이 쪽지를 건네 주었다.

"김 형사님……, 김성균의 전화번호입니다. 맞는지 확인해 보시면 좋을 것 같아서요……. 그리고……저는 여기서 빠져야 할 것 같습니다."

쪽지를 받아 쥔 김 형사는 이 형사의 안색이 안 좋아진 것을 보고는 뭔가 이상한 느낌을 받았다.

"왜? 무슨 일인데?"

"저……, 김성균이…… 제 고등학교 동창이었습니다. 죄송합니다."

김 형사는 깜짝 놀랐다.

"아……, 그래?"

한동안 두 형사는 말이 없었다. 무거운 침묵은 김 형사가 먼저 깼다.

"그러면 반장님한테 지금 가서 말씀 드리고 서에 복귀하는 게 좋겠다."

"네……."

이 형사는 반장이 있는 차를 향해 걸어갔다. 그런 뒷모습을 김 형사는 안쓰러운 듯 바라보았다.

이 형사가 사라지는 모습을 본 뒤 김 형사는 시간차를 두고 바로 2층으로 올라갔다.

초인종을 눌렀다.

"김성균 씨……?!"

"누구……세요?"

김 형사는 문 앞에서 심호흡을 한 번 했다. 확실한 주거지가 맞는지 오늘 꼭 확인을 해야 했다.

"누구세요?"

안에서 말소리가 들려왔다.

혹시 모를 일에 대비해 자켓 안에 장착한 경찰봉을 점검했다.

"아! 경찰입니다. 뭐 좀 조사할 것이 있는데 잠시 여쭤봐도 될까요?"

김 형사의 이야기에 한동안 안이 조용해졌다. 살짝 긴장이 되었다.

"잠시만요."

문이 열렸다.

"무슨 일이시죠?"

문이 열리고 김 형사는 재빠르게 경찰 신분증을 꺼내어 김성균의 눈앞에 들이밀었다.

"아. 저는 종로 서에서 나온 김온아 형사라고 합니다."

"아……네. 그런데요?"

"아! 다름이 아니고 오늘 새벽에 혜화동에서 택시 한 대

보셨어요?"

뭔가를 골똘히 생각하는 것처럼 보인 김성균은 잠시 뜸을 들이다가 조심스럽게 말했다.

"아……네. 그런데요?"

무척 조심스러운 대답이다.

"혹시 그 택시 어떤 차종인지 그리고 번호판 기억 나세요?"

김 형사는 다시 한번 질문을 했다.

"아……, 아니요…… 차종은 기억이 나는데 번호판은 잘 기억이 안 나는 것 같은데요……."

기억이 안 날 리가 없었다. 그 택시는 대포차이고 김성균이 타고 다닌 것이 확실하다.

"아……, 그러시군요. 아……, 이것 참……."

아직 확실한 증거는 없으니 시치미를 떼야 했다.

"저기……, 그런데…… 무슨 일인데 택시를 물어보세요?"

김성균은 김 형사를 의심스러운 눈으로 보며 조심스레 질문을 했다.

"아. 오늘 새벽에 청소부 아저씨 한 분이 제보가 왔는데……."

"그런데요?"

"그분이 택시 한 대가 이리저리 지나가는데 도로를 청소하러 봤더니 이상한 핏자국 같은 것이 택시가 지나간 길에 있었다고 하더라고요."

약간 눈동자가 흔들리는 김성균은 조금 당황한 것 같았다.

"어! 아……, 맞아요. 지금 기억이 나는데 저도 본 것 같아요."

김 형사는 어이없다는 눈으로 김성균을 빤히 쳐다보았다. 그러고는 바로 다음 질문을 했다.

"그럼 차종이 혹시 뭐였나요?"

"아…… 음……, 제가 정확한 차종 이름은 모르겠고요. 회색에 아마 SM 시리즈인 것 같았어요."

김 형사는 재빨리 수첩에 받아 적기 시작했다.

"그럼 번호판은요? 번호판은 기억이 조금이라도 나시나요?"

"아……, 그게 번호판의 숫자는 기억이 안 나고요……. 그…… 여수 택시였어요!"

"아……, 그렇군요. 그래도 감사합니다. 조금이라도 말씀해 주셔서요."

"네. 아닙니다."

순간 김성균이 갑자기 질문을 했다.

"저기……, 형사님."

"네?"

"그런데 제 이름하고 집은…… 어떻게…… 아셨어요?"

아차 싶었다. 자기도 모르게 김성균의 이름이 튀어나왔다. 지금 여기서 들키면 경찰들이 자신을 미행하고 있다는 것이 전부 들통날 것이었다.

"어떻게 알았냐고요?"

생각할 시간을 조금 벌기 위해 김 형사는 다시 재차 물었다.

"네……, 어떻게…… 알고…… 찾아오셨어요?"

김 형사는 자신의 핸드폰을 꺼내서 화면을 몇 번 누르더니 김성균의 눈앞에 가져다 댔다.

"이거 김성균씨 핸드폰 번호 아닙니까?"

김성균은 눈앞의 번호를 유심히 보았다.

"어? 맞는데요……. 왜 제 번호가 있어요?"

"아침 6시쯤에 김성균씨가 제 폰으로 전화해서 통화한 것 기억 안 나요?"

김 형사는 승부수를 띄웠다.

"무슨 통화요? 저는 기억이 안 나는데요……?"

"아니~ 저한테 전화해서 새벽에 청소부 아저씨랑 택시에서 피가 흐르는 거 본 것 같다고 와 달라고 하셨잖아요."

김 형사는 지갑에서 명함을 꺼내서 건넸다.

"일단 좀 쉬시고 생각나는 것 있으면 여기로 연락 주세요."

"아……네……."

종로 경찰서에서는 최근 일어난 실종 사건을 조사 중에 있었다. 실종된 사람들은 전부 하나같이 늦은 밤 술을 마시고 택시를 타고 가다가 없어졌다고 했다. 종로가 거주지인 사람이 벌써 3명이나 없어졌다. 목격자들의 진술을 종합해본 결과 택시는 보통 평범한 택시의 느낌은 아니었다고 한다. 목격자들이 차량의 번호판을 주의 깊게 보지 않았기 때문에 찾기가 어려웠다. 추적에 추적을 거듭하고 있는 와중에 특정 차량을 봤다는 목격자 제보가 왔다. 목격자는 새벽에 건물 청소를 하는 청소부였는데 잠시 쉬는 와중에 택시 한 대가 지나갔고 택시 뒤로 빨간색 물이 흐르는 것 같았다고 했다.

청소부가 목격한 곳 주변의 cctv를 확보하고 차량의 번호판을 확인한 경찰들은 등록이 안된 대포차라는 것을 확인했고 서울 종로와 근처 지역들의 cctv를 모두 확인한 결과 용의차량의 동선을 알아냈다.

확실하게 피였는지 알 수는 없었지만 택시의 외관이 특이했기 때문에 일단 조사에 착수했다. 그리고 동선에 따라 일

정 주차장에 주차를 해 놓은 것을 찾을 수 있었다.

주차해 놓은 차량에 가서 차 안을 살펴보고 번호판을 체크했을 때 차량은 여수지역의 번호판을 달고 있었다. 차량 앞 유리창에 핸드폰 번호가 적혀 있었고 번호를 추적한 결과 이름과 집 주소를 확보하게 되었다.

그렇게 며칠을 미행하던 2팀은 예상치 못한 곳에서 김성균을 다시 만났다.

먼저 와 있던 지구대 경찰들이 총을 겨누고 대치 중에 있었다.

"아저씨, 일단 진정하고 대화로 할 수 있는 부분은 먼저 대화로 잠깐만 해 봅시다."

한 경찰관이 김성균에게 낮은 목소리로 말했다.

뒤늦게 합류한 2팀의 형사들이 순경들과 합세를 했다. 그때 여자의 목소리가 울렸다.

"강철아! 들어가!"

여자의 목소리에 김성균은 당황을 했는지 순식간에 여자를 찔렀다. 한바탕 소동이 일어나고 구급대가 도착을 했다. 그렇게 2팀의 형사들은 트레이닝복 차림의 남자를 말리고 김성균을 체포했다.

take 3

일곱 시가 조금 넘어 강 형사와 차를 타고 영수 정육점에 도착을 했다. 빗방울은 조금 약해졌지만 아직도 여전히 그칠 기미가 보이지 않았다.

정육점 앞에 도착한 나와 강 형사는 잠시 담배 한 대를 태 웠다.

"선배님, 여기 정말 뭐가 있어요?"

"몰라. 그냥 느낌이 이상해서……."

"무슨 느낌이요? 아! 그 드럼통이요?"

문득 전에 강 형사에게 했던 말이 떠올랐다.

'정육점 안에 집이 같이 딸려 있다……'

나는 담배를 끄고 강 형사를 보았다.

"여기 둘레를 보면 정육점 안에 집이 같이 딸려 있을 것 같지 않아?"

아주 크지는 않았지만 넉넉한 정도의 크기를 갖추고 있는 정육점이었다.

"음……, 잘 모르겠는데요."

정육점 옆 골목길을 쳐다봤다. 골목 안쪽에 가로등 같은 불빛이 새어 나왔다. 처음에 봤을 땐 아무런 등이 없어서 아 주 깜깜했는데 지금은 어찌된 일인지 빛이 새어 나오고 있는 것이다.

"강 형사! 저기 골목 안쪽에 라이트는 뭐야?"

"아, 그거 제가 부탁해서 지구대에서 작은 등 하나 달아놨습니다."

오랜만에 시키지 않아도 똑 부러지게 일을 해 놓았다.

"안에 집이 딸려 있는지 잘 모르겠단 말이지?"

"네……, 외관으로 봤을 때는 없는 것 같기도 한데요……."

나는 핸드폰 라이트를 켰다.

"모르면 들어가 봐야지."

강 형사는 화들짝 놀랐다.

"네? 그냥 들어 간다고요? 어……, 무단침입 아닌가요?"

무단침입은 맞다. 그런데 지금은 그런 것을 생각할 이유가 없었다. 박태연의 말로는 어차피 김성균과 박태연 둘밖에 일을 안 한다고 했고 김성균은 지금 병원에 있으니까 그러면 현재는 이 정육점에 아무도 없을 것이다. 그리고 누가 오지도 않을 것이다. 온다고 해도 우리는 경찰이니까 괜찮을 것이다.

"괜찮아. 주인 없어. 그냥 들어와."

쭈뼛거리는 강 형사의 어깨를 잡아 끌었다.

처음 볼 때와는 다르게 셔터가 닫혀 있었다. 아마 전에 박태연이 다녀간 후 닫은 것 같았다.

셔터에 자물쇠가 잠겨 있었다.

"강 형사, 이 자물쇠 열 수 있어?"

"잠시만요."

강 형사는 주변을 두리번거리더니 차 트렁크를 열었다. 뭔가 뒤적거리던 강 형사는 손에 망치를 들고 내 옆에 와 앉았다.

나는 깜짝 놀랐다.

"왜 이런 걸 가지고 다녀?"

"네? 아! 하하. 호신용으로 저는 항상 가지고 다닙니다. 하하."

도무지 알 수가 없는 놈이다.

몇 번 힘껏 내리치던 강 형사는 망치를 내려놓고 손으로 자물쇠를 몇 번 달그락거리며 힘주어 돌렸다. 자물쇠가 열렸고 나는 셔터를 조금씩 들어올렸다.

드르르륵

키 높이에서 조금 못 미치게 셔터를 열자 가게 문이 나왔다. 가게 문은 아주 굵은 자물쇠로 잠겨 있었다.

"어……, 선배님. 이거는 어떻게 열죠?"

도무지 방법이 생각이 안 났다. 가만히 생각을 해봤다. 그리고 나는 핸드폰 라이트를 비춰 정육점 내부를 살펴보려고 애썼다. 빛으로 비춰본 내부는 어두워서 잘 보이지 않았다.

핸드폰으로 시간을 봤다. 아직 저녁 8시밖에 되지 않았다. 아주 조금 지나다니는 사람들이 있었지만 아무도 우리를 이상하게 보지 않았다.

"강 형사, 일단 차에서 잠깐 대기하고 있자고."

나는 핸드폰 라이트를 끄고 차 조수석으로 들어가 앉았다. 뒤따라 강 형사도 차로 돌아왔다.

한참 동안 생각을 해봤다. 들어갈 수가 없으니 더욱 더 들어가고 싶었다. 딱히 뭐가 있다는 정황은 없지만 느낌이 수상했다. 처음 사건의 신고 장소, 박태연의 일터, 전 사장 조정철의 실종 그리고 김성균의 매입.

시간은 점점 흘러갔다.

"저……, 선배님. 이제 거의 자정인데요……."

"휴……, 알아."

연수하고 약속을 지킬 수 없게 될 것 같았다. 아마도 지금쯤 화가 많이 나있을 것 같다. 핸드폰을 꺼낸 나는 연수에게 메시지를 보낼까 고민을 했다. 그러다가 핸드폰을 그냥 도로 집어넣었다. 한두 번 전화를 못한 것도 아닌데 괜찮겠지라고 생각했다. 참 못난 아빠인 것 같았다.

"선배님, 서에서 연락이 왔는데요. 서울 쪽 형사들이 내려와서 지금 잠깐 일보고 여기 정육점으로 온다고 합니다."

"강 형사."

"네, 선배님."

"차 시동 켜봐."

"네?"

"차로 저기 정육점 문 들이받아."

"네? 뭐라고요?"

강 형사는 놀라서 나를 쳐다봤다. 그도 그럴 것이 완전히 막무가내 미친 생각이었다. 그러나 지금 자물쇠를 풀 방법이 없고 그러면 방법은 딱 하나이다. 강제로 열어야 한다.

"그냥 들이받으라고."

"선배님! 그러면 재물손괴도……."

"알았으니까 그냥 받아."

강 형사는 잠시 멍하니 내 얼굴을 보다가 어쩔 수 없이 차에 시동을 켰다.

"천천히 그런데 한 방에 풀리도록 쿵 하고 받아."

"아……, 네."

차는 천천히 움직여서 그대로 조금 센 강도로 문을 들이받았다. 예상대로 짧은 파열음이 났고 문이 떨어져 나갔다. 자물쇠가 걸려있는 반대편이 열렸다.

"차를 다시 똑바로 정차시키고 내려서 따라 들어와. 그리고 들어올 때 안에서 셔터 내리고 들어와."

나는 핸드폰 불빛을 켜고 가만히 조심스럽게 앞을 비추며 걸어 들어갔다. 깨져서 떨어진 유리조각을 밟으며 안으로 들어가자 식탁 같은 테이블이 놓여져 있고 그 맞은편에 주방으로 보이는 곳이 나타났다.

천천히 테이블 위를 살폈다. 아무것도 없이 깔끔했다. 다음에는 주방으로 발걸음을 옮겼다. 주방을 하나하나 살펴봤다.

"선배님."

어느새 들어온 강 형사가 나를 불렀다.

"왜?"

"이렇게 해도 괜찮아요?"

"여기는 이렇게 해도 괜찮아. 신경 쓰지 말고 뭐 이상한 것 있는지 살펴봐."

"네."

강 형사와 나는 다시 이것저것 살폈다.

주방을 살피던 중에 이상한 점이 있었다. 보통 영업을 하는 가게라면 기계들이 작동했던 흔적들이 있어야 했다. 그런데 여기 정육점에 있는 기계들은 모두 새것 같아 보였다.

'3년 전에 매입을 했는데 한 번도 안 쓴 건가? 아니면 정말 깔끔하게 청소를 하는 건가?'

속으로 이런 생각을 하고 있을 때 강 형사의 목소리가 들렸다.

"선배님! 여기 잠깐 와 보세요."

고개를 돌려 강 형사 쪽을 바라봤다.

"왜? 무슨 일이야?"

강 형사가 비추는 라이트 쪽으로 다가갔다. 그곳에는 작은 문이 하나 있었다. 벽 쪽에 나 있는 작은 문은 건물의 구조상으로 볼 때 정육점 뒤쪽으로 나 있는 것 같았다.

"열려?"

"잠시만요."

강 형사는 손잡이를 잡고 살짝 밀었다.

"어……, 안 열리는데요."

"당겨."

"아……, 열리네요."

문이 열리고 우리는 조심스럽게 안으로 들어갔다. 찬 공기가 확 불어왔다.

"응? 이게 뭐야?"

앞에 펼쳐진 광경에 우리는 넋을 잃고 말았다.

take 1

입맛이 없었다. 형사가 가져다 준 점심을 먹는 둥 마는 둥

했다. 엄마가 죽었다는 말에 아무것도 떠오르지 않았다.

갑자기 병실 문이 열리고 남자 간호사들과 형사들이 들어왔다.

"김성균 씨, 병실 옮길 시간입니다."

순간 어떤 기분인지 불안해지기 시작했다. 마치 사형장에 끌려가는 것 같은 기분이 들었다.

"아……안돼요. 으아아아악. 안돼요. 안 갈래요."

미친 듯이 몸부림을 쳤다.

남자 간호사들이 내 양 팔을 잡고 일으켜 세웠다.

어렸을 적에는 이렇지 않았습니다. 기억이 나는 건 한 일곱 살 때부터인 것 같습니다.

초등학교 입학하기 전까지 나는 아무 탈 없이 지냈어요. 처음 고통이라는 것을 느껴봤던 건 초등학교 일학년 여름방학 비가 오는 어느 날 밤이었던 걸로 기억해요.

방에서 자고 있었는데 갑자기 머리가 띵하는 느낌이 들었어요. 눈을 떠 일어나보니 아버지가 내 머리를 마구 때리고 있었어요. 왜 맞았는지 기억이 없어요. 뭔가 잘못을 했겠죠.

그때는 그렇게 믿었어요. 그 이후로 저는 종종 아버지에게 맞고는 했어요. 나중에 알았는데 아버지는 직업군인을 퇴역하시고 사업이 망해 충격에 술을 많이 마셨어요. 그리고 술만 드시고 나면 저를 때리기 시작했던 것이죠.

중학교 때는 처음으로 왕따를 당해봤어요. 돈이 없었던 저는 갖은 심부름을 하고 샌드백처럼 매일 쥐어 터졌어요. 하루는 하도 많이 맞아서 하루 종일 입에서 피가 멈추질 않았어요. 엄마가 알면 속상해하실까 봐 그날은 집에도 들어가지 못했어요. 그렇게 3년 동안 고생을 하다가 졸업을 했어요.

고등학교 때 처음으로 잠깐 우월감이 생겼어요. 고등학교 2학년 때인가 저와 같은 반인 녀석 중에 한 명이 교통사고가 났어요. 그 녀석은 거의 항상 저를 놀리고 때리고 못살게 굴었었죠. 그런 녀석이 어느 날 교통사고를 당해 병원에 누워 있다고 하더라고요. 학교에서 단체로 병문안을 갔어요. 온몸에 깁스를 하고 누워 있는 그 녀석을 보니까 뭔가 알 수 없는 희열감이 생기더라고요. 저는 그날 수업이 끝나고 그 녀석의 병실에 한 번 더 찾아갔어요. 제가 찾아가자 그 녀석의 어머니는 자리를 비켜주시더군요. 저는 한참을 그 녀석을 바라보았어요. 그러다가 그 녀석의 산소호흡기를 떼어버렸어요.

그 후 저는 소년원에서 생활을 했어요. 그리고 출소해서 엄마를 찾아갔어요. 열심히 살고 싶었어요. 일자리를 찾아 취직하고 싶었어요. 그런데 찾아간 엄마는 저를 반겨주지 않더라고요. 엄마는 제가 무섭다고 피했어요. 같이 살고 싶지 않다고 했어요. 그런데 저는 엄마가 그러면 그럴수록 더욱 엄마와 같이 살고 싶었어요. 어린 시절부터 오직 엄마만이 내 편이 되어줬고 나를 보듬어 줬거든요.

지금은 몇 년 전 간신히 취직해서 잘 살고 있었는데 왜 갑자기 이런 일이 생겼는지 모르겠어요.

take 3

꽤 큰 방이 나왔다. 어느 정도 어둠에 익숙해졌다고 생각했는데 이곳은 아예 앞이 하나도 안 보일 정도로 깜깜했다. 핸드폰으로 여기저기를 비추던 우리는 입을 다물지 못했다.

"이게 뭐야?"

"이게 뭐예요, 선배님?"

방 안 곳곳에 커다란 냉동고가 빽빽하게 놓여져 있었다. 그리고 가운데에 긴 테이블 같은 것이 있었다. 그리고 테이블 위에는 사람의 신체 부위가 포르말린 용액 병에 담겨 있었다.

"이런 미친놈……."

강 형사는 충격을 받았는지 털썩 주저 앉아서 아무 소리
도 내지 못하고 있었다.

나도 형사 생활을 하면서 여러 미친놈들을 만나봤다고 생
각을 했는데 이런 미친놈은 처음이다.

"강 형사……."

"네……, 네, 선배님."

"냉동고 저거 하나 열어봐."

강 형사는 두려움에 떨면서 천천히 일어나 냉동고 쪽으로
걸어갔다. 천천히 냉동고 손잡이를 잡고 문을 열었다.

냉동고 안은 굉장히 차가웠다. 냉동고는 계속 돌아가고 있
던 것이다. 나는 라이트를 비춰 냉동고 안을 보았다. 고기가
냉동돼서 얼려져 있었다. 다른 냉동고도 차례로 열어보았다.
모든 냉동고에 고기가 얼려져 있었다.

이게 무슨 일인가. 방안 테이블 위에 사체가 놓여있고 주
변에는 냉동고가 가득 세워져 있고 그 안에는 고기가 잔뜩
얼려져 있다. 이것이 우리나라에서 일어날 수 있는 일인가 싶
었다.

그때 강 형사가 소리쳤다.

"으악!"

"뭐야!"

강 형사는 손가락으로 한 냉동고 안을 가리켰다. 나는 라이트를 비추고 가까이 다가가봤다.

나는 아무 말도 못하고 그대로 얼어버렸다. 강 형사가 가리킨 냉동고 안에는 몇 구의 사체 머리가 보관되어 있었다. 여자 남자 성별 구분 없이 냉동고 안에 차 있었다.

"강 형사……."

"네……. 선배님."

"내가 말 했지……. 집이 딸려 있는 거 아니냐고……."

"네?"

"저기 봐……."

나는 손으로 한편에 세워진 냉동고 뒤쪽을 가리켰다. 뒤쪽에는 다른 작은 문이 있었다. 정육점의 뒷문처럼 보였다.

"이 새끼 도대체 무슨 짓을 하고 다닌 거야……."

나는 무서움을 넘어서 화가 치밀어 올랐다. 이건 뭐 살인 공장도 아니고 어이가 없었다.

그대로 냉동고 뒤편에 있는 문으로 걸어갔다. 문을 열어보려 했지만 자물쇠로 잠겨 있었다.

"강 형사, 망치 가지고 와."

강 형사가 건넨 망치를 받아 들고서 있는 힘껏 자물쇠를 내리쳤다. 자물쇠가 부서지고 문을 열어보니 더 가관인 광경이 눈앞에 있었다.

"이거는 또 뭐야?"

눈앞에는 야외 마당이 있었다. 마치 파도파도 끝이 없는 미로 같았다.

마당은 그리 크지 않았다. 그런데 여기저기 땅을 판 흔적이 눈에 보였다.

"선배님. 서에 전화하겠습니다."

"저기 삽 가지고 와봐."

한쪽 담벼락 귀퉁이에 삽 한 자루가 눈에 보였다. 강 형사는 전화기를 꺼내다 말고 얼른 뛰어가서 삽을 가져왔다.

나는 약간 움푹 패인 곳을 삽으로 파기 시작했다. 강 형사가 옆에서 뭐라고 이야기하는데 전혀 들리지가 않았다. 온 신경이 이 땅에 가 있었다. 한참을 파기 시작했다. 그때 저쪽 밖에서 희미하게 웅성거리는 소리가 들렸다. 나는 땅을 파다 말고 소리가 나는 쪽으로 걸어갔다. 담벼락 바로 바깥쪽에서 소리가 들리는 것 같았다. 담벼락의 높이는 대충 손을 뻗으면 잡을 수 있었다. 나는 손을 뻗어서 담벼락을 잡고 힘을 주어 몸을 올렸다.

담벼락 바로 아래는 정육점 옆 골목이었다.

'이 새끼……, 여기로 올렸구나.'

직감적으로 알았다. 처음 신고를 받고 혼자 살폈던 그날 골목 안쪽에 놓여 있던 드럼통이 사라진 비밀을. 담벼락에 올라서 마당 쪽을 둘러보니 한쪽 구석에 로프와 사다리가 놓여져 있었다. 드럼통이 플라스틱으로 되어있었으니 로프를 손잡이 부분에 단단히 묶어 끌어올리면 성인 한 명이 간신히 끌어올릴 수 있어 보였다.

골목 앞쪽을 바라보니 정육점 정문 근처에 한 무리의 남자들이 보였다. 나는 담벼락을 다시 내려와 강 형사에게 말했다.

"서울에서 형사들이 왔나 보다. 강 형사가 나가서 모셔와."

"아…… 네, 선배님."

강 형사는 헐레벌떡 뒤돌아 뛰어나갔다. 내가 다시 삽자루를 쥐고 땅을 파려던 그 순간 전화벨이 울렸다.

"여보세요?"

"아…… 저……, 임강철 형사님이세요?"

"네. 제가 임강철 형산데요?"

"안녕하세요. 저 박태연입니다. 밤 늦게 죄송해요. 다름이 아니고 드릴 말씀이 있어서요. 전에 정신 없어서 말씀을 다 못 드린 것 같아서요."

나는 삽자루를 잠시 땅에 던져 놓았다.

"네, 말씀하세요."

"그 사장님 말인데요. 처음 만날 때부터 조금 이상한 점이 있어서요. 처음에 저희 가게에 왔을 때부터 계속 제가 영업이 끝날 때까지 저를 기다리고 앉아 있더라고요. 그리고 점점 그러는 횟수가 늘더니 언제부턴가는 제 전화번호를 어떻게 알았는지 저에게 수시로 밤마다 전화를 했어요. 그리고 가끔 찾아와서는 자기 통장을 저한테 건네주더라고요. 저는 받을 수 없다고 거절했는데 자꾸 찾아와서 제가 며칠간 문을 닫았던 적이 있었어요. 한 3년 정도 전에요. 처음에는 스토커인 줄 알았어요."

"그럼 문을 닫고 그 후에는요?"

"그런데 문을 닫고 한 일 년쯤 제가 쉬었거든요. 몸도 안 좋고 해서요. 그때부터는 연락이 없었어요. 그러다가 제가 다시 오픈을 하고 얼마 안 있다가 다시 찾아왔어요. 그리고 남편 이야기를 했고 여수의 정육점 인수를 자기가 했다고 했어요. 자기가 저렴한 금액에 고기를 납품해 줄 수 있고 그리고 그때 말씀 드린 정육점을 저한테 넘겨주겠다는 말까지요."

나는 이야기를 듣고 상당한 미친 새끼구나 하는 생각이 들었다.

"그리고 지금 그렇게 김성균 씨가 말한 대로 여수에 내려와서 일을 하신 건가요?"

"네. 제가 그렇게 하겠다고 한 이후부터는 별 다른 점은 없었어요. 그냥 아주 가끔씩 마주쳤고요. 간단한 인사나 안부 정도만 물어보고요."

갑자기 머리 속에서 아까 봤던 냉동고 안의 고기가 생각이 났다. 그리고 내가 박태연의 고깃집에서 먹은 고기가 생각이 났다. 구역질이 나고 속이 갑자기 안 좋아졌다. 혹시 내가 저걸 먹은 것은 아닌지 불안해졌다. 나는 두렵고 불안한 마음에 박태연에게 물었다.

"그럼 혹시 그 가게에서 파는 고기 중에 김성균한테 납품받은 것 있나요?"

나는 초조하고 불안해 미쳐버릴 것 같았다.

"아! 아니요. 고기는 제가 원래 거래하던 곳이 있어서 계속 거기에서 받아쓰고 있어요. 전에 형사님께 말씀 드렸는데요. 고기는 안 받아 쓴다고요."

다행이었다. 좀 전에 냉동고에서 봤던 장면에 너무 충격을 받아서 그런지 예민해졌던 것 같았다.

"그 밖에 다른 것은 없고요?"

"아! 그리고 제가 차 팔았을 때 받았던 분이요. 이름이 김성찬 씨로 되어있네요. 저도 차는 직거래로 처음 팔아봐서요. 근데 이거 이름이 왠지 사장님 이름하고 비슷한데요."

전화를 끊자마자 서울 형사들이 들어왔다.

서울 형사들이 나를 보고 움찔했다. 아마도 내 표정이 많이 일그러져 있었던 것 같았다.

이제 삽자루를 강 형사와 서울 형사들이 잡고 땅을 파기 시작했다. 나는 뒤처리를 강 형사에게 맡겨 놓고 찌그러진 차를 타고 서울로 올라가기 시작했다.

이게 대체 무슨 일인지 그 새끼 말을 들어봐야겠다.

5장

뒤통수

take 4

남자는 8층에 위치한 병실 침대에 앉아서 조용하게 창문 밖을 바라보고 있었다. 비가 뚝뚝 한두 방울씩 떨어지고 있었다. 창밖에는 나무들이 시원하게 비를 맞을 준비를 하고 있었다. 벌레 울음 소리가 은은하게 들리고 달빛이 구름에 가려져 그 모습을 드러내지 않고 비밀을 감춘 듯 보였다.

남자는 손을 뻗어 빗방울을 손가락으로 느꼈다. 그리고 손에 떨어진 빗방울을 만지작거려 없애 버렸다. 작은 스탠드에서 나오는 주황 불빛이 은은한 촛불처럼 주변을 밝혔다. 바깥 날씨와 맞지 않게 실내는 약간 차가운 공기가 맴도는 것 같았다.

"이제 말씀하시죠."

한참을 기다린 의사가 천천히 입을 떼고 말했다.

"언제인지 정확한 기억은 없습니다……."

남자는 힘없는 모습과 초점을 잃은 눈으로 의사를 쳐다봤다. 금방이라도 눈물이 떨어질 것 같았다.

"이런 일이 나에게 생길 거라고는……."

잠시 말을 멈추고 물을 달라는 손짓을 보냈다. 의사는 남자에게 물을 가져다 주었다.

물을 벌컥거리고 마시던 남자는 주머니에서 약을 꺼내 입

안에 털어 넣고는 잠시 눈을 감았다.

"그러니까…… 한 20년 전쯤 된 것 같네요."

차분한 목소리로 남자가 말했다.

"어떤 것이요?"

"이상한 기분이 저를 지배한다는 생각이요."

"그렇군요. 정확히 언제인지 기억이 나시나요?"

남자는 한동안 말이 없었다.

"기억이 안 나시면 괜찮습니다."

의사가 안경을 살짝 올리며 말했다.

"출소를 하고 어머니를 찾아 갔습니다."

"계속 말씀해 보세요."

"어머니는 저를 반겨주지 않았어요. 제가 고등학교 때 했던 행동 때문에 어머니는 큰 충격을 받으셨어요."

"그래서요."

"그 이후에 많이 방황을 했어요. 그러다가 우연히 도박에 빠져들게 되었습니다. 그리고 그 도박장에서 조정철 씨를 만났어요. 우리는 항상 조정철 씨의 하우스에서 도박을 했습니다."

"많이 잃으셨나요?"

"처음에는 조금 땄습니다. 그러다가 점점 돈을 잃기 시작했고 빚을 지게 되었습니다."

"누구에게 돈을 빌렸죠?"

"조정철 씨에게요."

"조정철 씨와는 가깝게 지냈었나요?"

"네. 저는 그렇게 생각을 했습니다. 같이 밥도 먹고 술도 먹고 또 제가 잘 곳이 없으면 그 사람 하우스에서 잤습니다."

"그 사람의 하우스는 어디입니까?"

"여수 시내 ○○사거리 뒷골목 정육점입니다."

"그렇군요. 그렇게 도박만 하셨나요?"

"빚이 점점 늘어나서 도박을 더 이상 할 수가 없었어요. 그러다 어느 날 그 사람과 밥을 먹다가 그 사람이 사진을 한 장 보여줬어요."

"무슨 사진이죠?"

"그 사람의 와이프 사진입니다."

"그 와이프 분 이름을 아시나요?"

"네. 그 사람이 말해줬어요. 이름하고 주소까지요."

"이름이 뭐죠?"

"박태연 씨요."

남자는 작게 한숨을 쉬었다.

"왜 조정철 씨가 박태연 씨의 사진을 보여주고 이름하고 주소를 알려줬나요?"

의사가 물었다.

"제게 빚을 갚을 수 있는 기회를 준다고 했어요."

"그게 어떤 기회죠?"

"그 사람이 자기 와이프 앞으로 보험을 여러 개 들었다고 했습니다. 그래서 저 보고 자기 와이프를 처리해주면 빚을 없애 주겠다고 했습니다."

"조정철 씨와 와이프는 서로 사이가 안 좋았군요."

"네. 그런 것 같았습니다. 매일 욕을 했으니까요. 다른 남자하고 붙어먹었다고요."

"그래서 실행에 옮기셨나요?"

"처음에 그 여자를 보러 가게로 찾아갔어요."

"어떤 가게 말인가요?"

"그 여자는 고깃집을 하고 있었어요. 서울에서요."

"그렇군요."

"그렇게 몇 번을 찾아가니까 죽이고 싶은 마음이 사라졌습니다."

"왜 사라졌나요?"

"제 어머니하고 비슷했거든요."

"무엇이 비슷했나요?"

"얼굴도 그렇고 분위기나 성격 뭐 이런 것들이요."

"박태연 씨에게서 어머니의 모습을 느끼셨군요?"

"네. 그랬어요."

"그래서 어떻게 하셨나요?"

"도저히 안되겠다 싶어서 조정철 씨를 찾아가서 그만두겠다고 말을 했어요."

"박태연 씨를 좋아했나요?"

남자는 다시 말없이 고개를 잠깐 떨구었다. 그리고 잠시 고개를 돌려 창밖을 바라보았다.

의사는 아무 말 없이 기다렸다. 몇 분의 시간이 흘렀을까 남자가 다시 입을 열었다.

"네……."

"그럼 그만 뒀나요?"

"그날 조정철 씨와 다퉜습니다."

"왜 다퉜죠?"

"그 사람이 저에게 너도 내 와이프랑 붙어 먹었냐고 시비를 걸고 해서요."

"그래서 어떻게 했나요?"

"먼저 그 사람의 부하직원을 죽였습니다."

"박춘배 씨요?"

"네. 박춘배는 사채업자고 조정철 씨의 지시에 박태연을 납치하려고 했습니다."

"그렇군요. 그리고 어떻게 했습니까?"

"그리고 며칠 뒤에 부하직원을 2명 더 죽여버렸습니다."

"그 후에 조정철 씨에게 찾아가 살해를 했군요."

"아니요. 조정철 씨가 부하직원을 찾으러 저에게 왔습니다."

"이 전부를 혼자 했나요?"

"아니요. 제 동생하고 같이 했습니다."

"동생이 있으세요?"

"네."

"지금 동생은 어디에 있나요?"

"지금 동생은 멀리 떠났습니다."

"그래요……. 전부 죽이고 어떻게 했나요?"

"동생하고 같이 차에 실어서 하우스에 갔습니다."

"하우스에서 어떻게 했나요?"

"잘라서 박태연 씨의 가게에 납품했습니다."

"누구의 생각인가요?"

"동생이 그러자고 했습니다."

"박태연 씨는 계속 만났습니까?"

"저는 만나지 않았습니다. 동생이 만났습니다."

"동생이 왜 만나나요? 본인이 박태연 씨를 좋아하지 않나요?"

"저는 용기가 없었습니다. 동생도 그 여자를 좋아하고 있었는데 그래서 동생이 만났습니다. 제가 양보했습니다."

"착하군요."

"네……, 하하."

남자는 의사의 칭찬에 아주 조그맣게 살짝 웃었다.

"그런데 이 많은 사람들을 어디에서 죽였나요?"

"서울의 월셋방에서요."

"서울에 월셋방을 왜 얻으셨나요?"

"처음에 박태연 씨를 살해하려고 올라갔을 때 구했습니다."

"그랬군요. 박태연 씨는 동생분이 계속 만났나요?"

"아니요. 동생이 중간에 멀리 떠나야 하는 일이 있어서 잠시 헤어진 걸로 알고 있습니다."

"그러다가 언제 다시 동생을 만났죠?"

"1년 반 전쯤에 다시 만났습니다."

"그 후에는 어땠나요?"

"동생과 박태연 씨는 다시 만났어요. 그리고 고기 납품은 다시 시작됐고요."

"그러니까 동생이 돌아온 시점부터 다시 박태연 씨도 만나고 고기도 납품했다는 거군요?"

"네."

"슈퍼 아줌마는 왜 그렇게 했죠?"

"저와 동생이 사체를 유기하는 것을 아는 것 같았어요."

"서울 월셋방하고 여수의 정육점 말고 사체를 다른 곳에 또 유기한 적이 있나요?"

"네. 그건 우발적으로 그렇게 된 거였어요."

"그 사체는 누구죠?"

"동생이 잠시 떠나 있을 때 저는 택시 운전수 일을 했어요. 그때 차에 탄 손님이었어요."

"손님을 왜 그랬나요?"

"그 손님이 저를 힘들게 했어요."

"어떻게 힘들게 했나요?"

"저와 동생을 비하하고 비꼬고 조롱했어요."

"그랬군요……, 알겠습니다. 한 가지만 더 묻겠습니다. 여수의 정육점은 어떻게 매입하신 건가요?"

"조정철 씨의 대리인 자격으로 박태연 씨의 도장을 받아서 서류에 찍었습니다."

"박태연 씨 도장은 어떻게 받았죠?"

"중고차 거래를 한다고 하고 그때 서류를 가지고 가서 찍었습니다."

"중고차 거래는 본인이 직접 했나요?"

"아니요. 제 동생이 했습니다."

"마지막으로 한 가지만 더 묻겠습니다. 정육점을 박태연 씨에게 넘겨준다고 약속하셨습니까?"

"네. 넘겨주면 결혼을 하자고 할 셈이었습니다."

"본인이요?"

"아니요. 동생이요."

"박태연 씨도 지금 본인이 이야기하는 모든 내용을 알고 있습니까?"

"네. 알고 있을 겁니다. 동생이 다 이야기했다고 하니까요."

"네. 알겠습니다. 여기까지 하도록 하죠. 뭐 물어보고 싶은 것이 있나요?"

남자는 뭔가를 골똘히 생각을 하다 의사를 보고 물었다.

"저……, 선생님."

"네, 이야기해 보세요."

"그런데 제가 잡히던 날 제 동생이 저를 만나러 오기로 했거든요. 그런데 이제는 만날 수가 없을 것 같은데 혹시 만나게 되면 꼭 물어보고 싶은 것이 있네요."

"뭔가요? 혹시 제가 만나게 되면 전해 드릴게요."

남자는 잠시 뜸을 들이더니 차분히 말했다.

"도대체 나한테 무슨 짓을 한 건지……. 왜 만나면 항상 이런 일이 생기고 기억이 안 나는지……. 알고 싶다고 전해주시겠어요?"

의사는 물끄러미 남자를 쳐다봤다. 그리고 말했다.

"네. 전달해 드릴게요."

의사는 병실을 나갔고 남자는 조용히 침대에 누웠다.

며칠 후 장례식이 진행됐다.

고인의 가족인 듯 보이는 사람이 천천히 형사들에게 다가

갔다. 서로 가볍게 인사를 하고는 눈물을 훔쳤다. 늦은 밤이

라 많은 사람들이 모인 건 아니지만 그래도 꽤 많은 사람들

이 왔다. 한 명 한 명 눈을 맞추며 서로 인사를 하는 모습이

어딘가 어색하고 낯선 그림이다.

"아버지 일은 정말 미안하게 됐구나……."

"아니에요. 괜찮습니다."

"필요한 것이 있으면 아저씨한테 연락하고……."

"네……, 알겠습니다. 감사합니다."

"그래……. 건강 조심하고 또 보자, 연수야."

삼가 고인의 명복을 빕니다. [경위 임강철]

연수의 눈에서는 하염없이 눈물이 흐르고 있었다.

빗길에 과속으로 고속도로를 달리다가 차선을 급히 바꾸려는 차와 충돌해 그렇게 임강철 형사는 세상을 떴다. 아직 젊다면 젊은 나이였지만 하늘은 무심하게도 임 형사의 목숨을 일찍 지워버렸다. 급히 하늘에서 필요한 일이 있어서 부른 것일까……. 사랑하는 가족과 동료들을 남기고 떠났다.

사고가 난 차량에서 임강철 형사의 핸드폰은 쉬지 않고 계속 울렸다.

딸 연수에게서 온 메시지만이 계속 빗속에 메아리치고 있었다.

소식을 들은 강 형사는 업무가 불가능해질 정도로 죄책감에 시달렸다. 팀장의 지시로 긴 휴가를 받긴 했지만 강 형사는 업무에 복귀하고 싶지 않아 했다.

마찬가지로 소식을 훗날 듣게 된 임강철 형사의 선배 최성은 씨 역시 몹시 슬퍼했다. 엄마에 이어 아빠마저 떠나 보낸 연수를 위해 선배는 연수의 새엄마로 이름을 올리며 함께 살기로 약속했다.

다시 어두운 밤이 되었다. 병실은 여전히 창백하고 아무 온기도 없는 것처럼 느껴졌다. 지난번보다 조금 덜 밝은 주황 불빛이 실내를 어둡게 밝혔다. 비는 오지 않았지만 빗소리가 들리듯이 창문 틈새로 나뭇가지가 흩날렸다. 남자는 코를 내밀어 바깥 공기를 한껏 들이마셨다. 잠시 눈을 감고 명상을 하는 것처럼 고요하게 움직이지 않았다.

"잠은 좀 잤습니까?"

남자는 의사의 물음에 천천히 눈을 떴다.

"네. 요즘에는 잠을 잘 자게 되었습니다."

"밥은 어때요? 아직도 맛이 없습니까?"

의사가 물었다.

"아니요. 요즘에는 밥도 맛있게 먹고 있습니다."

남자는 대답을 하며 고개를 끄덕거렸다.

"오늘은 몇 가지만 질문할 겁니다. 대답을 하고 싶지 않으면 안 해도 괜찮습니다."

"네. 말씀하세요."

의사는 핸드폰을 꺼내어 사진첩을 뒤적이다가 사진 하나를 확대해 남자에게 보여줬다.

"이 사람 누구인지 알고 있습니까?"

남자는 물끄러미 사진을 바라보았다.

"기억이 잘 안 나시나요?"

의사는 재차 물었다.

"기억이 없으신가 보군요."

의사는 다시 물었다.

"어머니를 마지막으로 본 것이 언제입니까?"

"여수에서 암 투병 중이실 때 마지막으로 봤습니다. 그 후에는 소식을 알 수가 없습니다."

남자의 대답에 의사는 말없이 고개를 끄덕거렸다.

의사는 다시 핸드폰에서 사진첩을 뒤적여 사진 하나를 확대해 보여줬다.

"이 전단지 본 적 있나요?"

남자는 다시 뚫어지게 사진을 쳐다보았다. 잠시 후 남자가 말했다.

"네. 본 적 있습니다."

"어디서 봤나요?"

"학교 앞에서 봤습니다."

"학교 앞에서 누가 이 전단지를 주었는지 기억이 납니까?"

"네, 기억이 납니다."

"누가 줬었나요?"

"어떤 아주머니가 주었습니다."

"그렇군요. 그 아주머니 얼굴은 기억을 하시나요?"

남자는 잠시 생각을 하더니 말했다.

"네. 기억을 합니다."

"혹시 어떻게 생겼는지 묘사할 수 있나요?"

"조금 작은 눈에 머리는 흰머리가 많았습니다. 그리고 핑장히 말랐었습니다. 광대뼈는 툭 튀어나왔었습니다."

"알겠습니다."

"그럼 다른 질문을 하겠습니다. 혹시 3년 전에 학교에 다닐 때 태형이란 친구를 아십니까?"

"네. 알고 있습니다. 제 친구입니다."

"그렇군요……. 그 친구한테 누나가 있다는 걸 알고 있습니까?"

"네."

"이름이 기억 나시나요?"

"박태연입니다."

"그 여자분 때문에 살인을 저질렀나요?"

"네, 그렇습니다."

"전부 혼자서 한 일인가요?"

"아니요. 형하고 같이 했습니다."

"군대에 가 있는 동안 훈련은 괜찮았나요?"

남자는 말이 없었다.

"군대는 괜찮았나요?"

"네……."

힘이 없는 목소리로 말하는 남자를 보고 의사는 바로 질문을 이어갔다.

"군대에 대한 기억이 없나 보군요. 군대를 안 갔군요. 군대를 간다고 형에게 말하고 안 갔나요?"

"씨x, 니가 뭘 알아? 봤어?"

갑자기 미친 듯이 화를 내며 남자는 의사에게 달려들려고 몸을 움직였다. 그러나 순식간에 남자의 몸은 의사에게까지 닿지 않고 튕겨져 침대의 자기 자리로 되돌아가 앉아졌다.

의사는 조용하고 차분한 눈빛으로 남자를 바라보았다. 그리고 말했다.

"잠깐 사라진 동안 뭐 했어요?"

"무슨 개소리를 하는 거야?"

"어렸을 적 아버지에게 많이 맞고 자랐나요? 그 분노를 표출할 길이 없어서 돈 핑계를 대면서 이 사람 저 사람 해치고 다녔나요?"

남자는 터져버릴 듯 얼굴이 빨갛게 달아올랐다. 그리고 살기 어린 눈으로 의사를 노려보았다.

"제가 아까 보여 드린 첫 번째 사진은 당신 어머니의 사진입니다. 어머니가 암 투병을 하기 전 사진이에요. 그리고 두 번째 보여준 전단지의 남자 사진은 당신이 서른세 살 때의 사진입니다. 지금의 당신은 아무것도 기억하지 못하네요. 당신은 당신이 되고 싶은 것 그리고 가지고 싶은 것만 기억하고 있습니다. 지금 나와 대화하는 당신이 동생이라고 하는데 형과 동생이 한 몸에 있을 수가 있나요?"

"무슨 미친 소리를 하는 거야? 너도 데려가서 죽여줄까?"

의사는 의자에서 일어나서 낮고 차분한 목소리로 남자에게 말했다.

"벌써 몇 달 전부터 어머니가 당신 서울 집 근처에서 당신을 찾고 있었다는 걸 알고 있었잖아요. 어머니 사망보험금까지 챙겨서 그 여자에게 가져다 줬습니까? 그리고 당신 형이 당신에게 도대체 왜 그랬냐고 물어봐 달라고 합니다. 당신에 대한 모든 것들은 김성균 씨가 말해줬어요."

의사가 침착하게 말을 한 덕분일까 잠시 분위기가 침착하게 가라앉았다. 의사는 듣고만 있던 남자에게 다시 말을 이어갔다.

"김성균 씨에게 약물을 주입했습니까?"

남자는 아무 말도 하지 않았다.

"여기서 말을 하지 않아도 됩니다. 하지만 나는 당신을 지금부터 정신이상이라고 외부에 소견을 밝힐 수 없습니다. 약물중독 치료를 여기서 받으시겠습니까? 아니면 구치소로 들어가시겠습니까?"

의사의 말에 남자의 눈이 파르르 떨렸다. 한참 후 남자는 말했다.

"약물 주입했습니다……."

박경철 경위는 호출을 받고 서둘러 병원으로 향했다. 병원에 도착한 박 경위는 빠른 걸음으로 원장실로 가서 문을 두드렸다.

똑똑똑

"들어오세요."

"안녕하세요, 원장님."

"아! 박 경위님. 앉으세요."

박 경위와 원장은 소파의자에 앉았다.

"어떻게 된 건가요?"

박 경위의 물음에 원장은 차트를 쭉 보다가 이야기했다.

"저도 뭐라고 말씀 드리기 쉽지 않은데요. 아마도 여러 가지 병이 겹쳐 있는 것 같습니다. 그 중에서 가장 큰 원인이라면 다중인격장애와 망상장애 그리고 약물중독을 들 수가 있을 것 같습니다."

"아. 그렇군요. 그러면 지금 용의자는 무슨 말을 털어놓고 있는 건가요?"

"음……. 일단 핵심적인 부분은 용의자는 살인을 취미로 한다고 생각하지 않습니다. 또한 일반 사이코패스와는 다릅니다. 무서운 말일 수도 있지만 살인을 하면서 자기의 부족한 부분을 합리화시키는 라이프 스타일을 가지고 있다고 봐야 할 것 같습니다. 용의자는 충분히 타인의 아픔에 공감합니다."

"그게 무슨 말인가요?"

"먼저 김성균 씨 안에 두 명의 인격이 존재합니다. 첫 번째는 형인 김성균 씨 그리고 두 번째는 김성균 씨가 만들어낸 가상인물인 동생 김성찬 씨."

"두 명의 인물이 몸 하나에서 나온다는 말씀이신 거죠?"

"네. 그렇습니다. 먼저 용의자는 안 좋은 일이나 실수를 저지르는 순간에는 동생인 김성찬 씨가 나타나 행동을 합니다. 난폭해지는 거죠. 그러니까 살인의 주체가 되는 겁니다. 그리고 이 실수를 덮고 묻고 감추는 역할을 김성균 씨가 하는 겁니다. 소심해지고 불안해지는 거죠. 그러니까 증거를 인멸하는 행동을 자주하게 됩니다."

심각한 표정으로 박 경위가 원장을 보았다.

"심지어 제가 면담을 할 때도 이런 성격의 증상들이 나타납니다. 한쪽에서는 공격적이고 예민하고 다른 한쪽에서는 불안해하고 또는 최대한 담담한 척하려고 하는."

박 경위는 원장의 말에 이해를 하려고 노력을 했으나 도무지 이해를 할 수 없었다. 지금까지 이런 용의자를 본 적이 없었기 때문이다.

"원장님 그럼 처음에 용의자가 여수에서 태웠다고 하는 그 피를 흘리는 남자는 도대체 누구인가요? 저희가 아무리 수사를 해봐도 나오질 않는데 말입니다."

"그 남자는 김성균 씨 본인과 그가 만들어낸 동생의 합쳐진 인격으로 보여집니다. 도박을 하는 형을 두었다는 건 동생 성찬일 것이고 자신이 택시 운전수였다는 건 본인 그대로를 말하는 겁니다. 피를 흘렸다는 환상은 살인에 대한 뒤처리를 해야 한다는 강박관념이 만들어낸 환상입니다. 그 과정에서 가끔씩 스스로 자해를 하기도 하죠."

박 경위는 원장의 말에 놀랍다는 표정을 지었다.

"그러면 왜 고속도로 중간에서 구급대원들에게 신고를 했을까요?"

"아마 답답하고 죄책감이 들어서 그랬던 것으로 보여집니다."

아직까지 궁금한 한 가지가 있었다.

"원장님, 용의자가 자신의 어머니까지 뺑소니로 그렇게 이용해야 하는 이유가 있을까요?"

"김성찬 씨의 인격에서는 형이나 어머니나 모두가 다 돈이고 살인 희생양일 뿐이죠. 어머니가 죽으면 보험금은 당연히 아들에게 갈 텐데요. 그리고 김성균 씨는 약물에 쓸 많은 돈이 필요했죠."

경찰 쪽에서 조사한 결과 고깃집 앞 뺑소니 차량은 대포택시이며 누가 주인인지 알 수가 없었다. 운이 좋게도 딱 한 대 있던 cctv를 분석해서 김성균의 인상착의와 대조해 자백을 받아냈다.

"오늘 시간 내주셔서 감사합니다. 내일 경찰 발표가 있을 것으로 보입니다."

박 경위는 원장에게 인사를 하고 일어났다.

병원을 나가는 발걸음이 무거웠다. 다중인격장애에 망상장애 그리고 천륜을 저버린 패륜적인 범죄에 기가 막힐 뿐이었다. 내일 경찰 발표가 나가면 온 세상이 떠들썩하게 될 것 같았다.

여수 경찰서에는 초 비상이 걸렸다. 임 경위의 죽음과 영수 정육점 사건으로 수많은 기자들과 미디어가 앞다투어 속보를 내보내고 있었다. 정육점 앞에는 돗자리를 깔고 앉아 진을 친 기자들이 수십 명에 이르렀다. 하나같이 건수라도 잡을까 해서 하이에나처럼 이빨을 내놓고 기다리고 있었다.

여수 경찰서 앞에도 진을 친 기자들이 강력팀장이 나오자마자 달려들어 질문공세를 퍼붓기 시작했다.

"이번에 나온 사체가 몇 구인 가요?"

"냉동고에서 나온 고기가 정말 사람입니까?"

"범인은 지금 어디 있습니까?"

속사포처럼 쏟아지는 질문에 팀장은 손을 올리고 진정하라는 제스처를 보냈다.

"현재 사체는 몇 구인지 조사 중이고 냉동고는 국과수에 넘겼습니다. 범인은 현재 병원에 있습니다."

짧게 말을 마친 팀장은 황급히 자리를 폈다.

다음 날 경찰은 원장의 의견과 소견서까지 첨부해 중간 발표를 내보냈다. 현재까지의 용의자의 정신분석 결과를 말하고 수사의 진행상황을 간략하게 브리핑했다. 아직까지 정확한 살해동기를 알 수 없지만 스토킹에서 비롯된 범죄로 기울어지고 있었다.

지금까지 사체는 총 11구이며 조정철 50세를 포함해 거의 모두 평범한 일반인이거나 직장인이었다.

살해수법은 택시로 납치한 후 벌인 살인이며, 사체는 여수 정육점으로 옮겨 플라스틱 드럼통에 나눠 담아 뒷마당 땅에 묻었다. 땅속에서 발견된 드럼통만 30여 개가 넘었다. 정육점 안에서 발견된 냉동고가 있는 방과 그 이외의 곳곳에서도 조사가 이뤄졌고 대량의 약물과 주사기 그리고 진공 포장 종이가 구석구석에서 발견되었다.

혜화동에 있는 김성균의 월셋방에 대한 조사가 이뤄지고 혈흔반응 검사를 통해 소파와 주방 그리고 방 안에서 다량의 혈흔이 발견되었다. 화장실에서는 증거를 인멸한 흔적이 보였고 김성균의 차량인 택시 트렁크에서도 소량의 혈흔이 발견되었다.

박 경위는 혜화동 카페에서 박태연을 만났다. 커피잔만 만지작거리던 박태연은 임 형사가 죽었다는 소식을 박 경위를 통해 듣게 되었다. 그리고 남편에 대한 이야기와 김성균에 관한 이야기도 전부 다 듣게 되었다. 끔찍한 소식을 듣게 된 박태연은 이후 정신과 진료를 받으면서 살게 되었다.

시간이 흘러 2년 후.

눈부시게 날씨가 좋았다. 하늘이 원망스러울 정도로 포근한 바람이 연수의 볼에 닿았다. 바람이 살짝 연수의 머리칼을 넘겼고 연수는 깨기 싫은 꿈에서 깨어났다.

"연수야, 밥 먹자."

"응."

아빠가 있을 때 보다 반찬의 가짓수가 많아졌다. 성은 씨의 노력으로 연수는 조금씩 아빠 없는 날을 이겨내 가고 있었다.

"연수야! 날씨도 좋은데 오늘은 같이 전시회에 갈래?"

"응, 나는 좋아."

"날씨가 좋으니까 전시회 갔다가 산책도 하고 여기저기 돌아다니다 맛있는 것도 먹고 돌아오자."

"응. 엄마, 내가 뭐 하나 보여줄게. 이리 와봐."

"뭔데?"

연수는 아빠의 방에 들어가서 아빠의 서랍 가장 안쪽에서 파일을 하나 꺼내 들고 나왔다.

파일을 펼쳐서 성은씨의 앞에 놓았다.

"이게 뭐야?"

"꺼내 봐."

성은씨는 안에서 종이 한 장을 꺼냈다. 한참을 종이를 말 없이 보다가 그만 눈물을 흘리고 말았다.

"엄마. 이거 아빠가 엄마 병원에 있을 때 쓴 편지야. 나 도 몰랐는데 아빠 서랍 뒤지다가 우연히 발견했어. 그때 나 는 엄마가 병원에 있는지도 몰랐어. 아빠가 아무 말도 안 해 서…… 미안."

"아니야……. 왜 미안해. 네 잘못도 아닌데……. 아빠가 너 걱정할까 봐 이야기 안 했었나 보다."

연수를 보고 방긋 웃었지만 눈에는 눈물이 흐르고 있었 다.

종이에는 낙서처럼 어지럽게 글자가 써 있었다.

'빨리 나아…….', '내가 미안해.', '미안해…….'

연수는 파란 하늘이 보이는 창문을 물끄러미 바라보다가

작은 목소리로 중얼거리며 말했다.

"아빠도 같이 가면 좋을 텐데……."

Epilogue

_____

섣부른 기억의 오류

take 5

햇볕이 쨍쨍 내리쬐는 무더운 여름날 한 무리의 아이들이 잠자리채와 곤충 채집 통을 들고 산길을 오르고 있었다.

"야! 조영수! 이리 와봐."

까까머리의 병철이는 신기한 듯 쪼그리고 앉아 뭔가를 유심히 보고 있었다. 아이들이 하나 둘씩 병철이의 옆에 모이기 시작했다. 병철이는 조그마한 꽃 무늬가 그려진 작은 플라스틱 같은 것을 보고 있었다.

"야! 이거 뭐야?"

"몰라. 되게 예쁘게 생겼지?"

병철이는 신기한 듯이 플라스틱을 손바닥에 올려놓고는 이리저리 살펴보았다. 아이들도 덩달아 땅바닥을 살피기 시작했다.

"병철아! 그거 어디서 주웠어?"

노란 머리로 염색한 성진이가 병철이를 보고 호기심 가득한 얼굴로 말했다. 병철이는 벌떡 일어나더니 손가락으로 돌탑을 가리키며 말했다.

"여기서 주웠어. 여기 되게 많아."

아이들은 누가 먼저랄 것도 없이 돌탑으로 쪽으로 모여들었다. 이리저리 돌탑 주변을 두리번거리며 예쁜 꽃 무늬 플라스틱 찾기에 집중했다.

"야! 나도 하나 찾았다."

영수가 소리쳤다. 바로 몇 분 후에 성진이도 근호도 우종이도 모두 소리쳤다. 아이들은 각자 플라스틱을 하나씩 손에 쥐고는 서로 자기 것들과 비교했다.

그때 갑자기 빗방울이 떨어지기 시작하더니 순식간에 굵은 비로 바뀌었다. 아이들은 비를 피해 이리저리 산 속을 헤매고 다녔다. 아이들의 옷이 점점 흠뻑 젖기 시작할 때쯤 먼저 앞장서던 영수가 큰 소리로 아이들을 불렀다.

"얘들아! 이리 와봐."

영수의 외침에 아이들은 영수가 있는 곳으로 모여들기 시작했다.

"야, 저기 집이 있는 거 보이지? 우리 저기 가서 조금 쉬었다가 가자."

"그래."

아이들은 하나 둘 셋을 외치며 작은 통나무집 같은 곳으로 뛰어갔다.

"야……, 이거 되게 오래된 것처럼 보인다."

영수는 먼저 앞장서서 통나무집의 문을 두드렸다. 인기척이 없자 용감하게 문을 열고 들어갔다.

영수가 들어가고 뒤따라 아이들이 들어갔다.

"으아아악!"

아이들은 놀라서 통나무집을 뛰쳐나와 바닥에 털썩 주저
앉고 말았다.

통나무집 안에는 이상한 냄새가 진동을 하고 아이들의 눈
앞에 11구의 시체가 나뒹굴고 있었다.

'오늘 오전 11시 경기도 야산에서 시신 11구가 발견됐습
니다. 시신은 공통적으로 하나같이 손톱이 뽑혀져 있었으며
그 밖의 다른 외상은 없는 것으로 보입니다. 또한 시신들의
유류품 중에는 공통적으로 신발 안쪽 밑창이나 지갑에서
알 수 없는 부적이 나왔습니다.'

연수는 옷을 갈아입다 말고 뉴스를 보다가 깜짝 놀라고
말았다.

'어……, 저거……, 우리 아빠도 있었는데……'

탁상용 1일 5분
영어 완전정복

이원준 엮음 | 140*128mm | 368쪽
14,000원(mp3 파일 무료 제공)

탁상용 1일 5분
일본어 완전정복

야마무라 지요 엮음 | 140*128mm
368쪽 | 14,000원(mp3 파일 무료 제공)

탁상용 1일 5분
중국어 완전정복

최진권 엮음 | 140*128mm | 368쪽
14,000원(mp3 파일 무료 제공)

일상생활
영어 여행회화 365

이원준 엮음 | 128*188mm | 368쪽
12,000원(mp3 파일 무료 제공)

바로바로 영어 독학 단어장

이민정, 장현애 저 | 128*188mm
324쪽 | 14,000원
(mp3 파일 무료 제공)

바로바로 일본어 독학 단어장

서지위, 장현애 저 | 128*188mm
308쪽 | 14,000원
(본문 mp3 파일 무료 제공)

바로바로 중국어 독학 단어장

서지위, 장현애 저 | 128*188mm
324쪽 | 14,000원
(본문 mp3 파일 무료 제공)

일상생활 일본 여행회화 365

이원준 엮음 | 128*188mm | 368쪽
12,000원(mp3 파일 무료 제공)